魔女宅急便3

遇見另一位魔女

魔女の宅急便 3キキともうひとりの魔女

角野榮子 ——— 著　王蘊潔 ——— 譯　佐竹美保 ——— 繪

目次

角野榮子給臺灣讀者的序

故事的起點

《魔女宅急便》的故事，要從女兒畫的一幅魔女畫說起。畫中的魔女乘著掃帚，在夜空飛行。掃帚的尾巴上坐著一隻黑貓，柄上掛著一臺收音機，收音機上飛出好多好多的音符。

女兒畫這幅畫時，正值十二歲。因此，我萌生了以年紀相仿的魔女為主角，寫個故事的念頭。

聽著收音機的音樂在空中飛行，想必是一件快意的事。我也想嘗試看看。寫著故事的當下，也同樣有了飛在空中的感覺！

這麼說來，畫中的魔女確實是在空中飛行。於是，我有了讓魔女當快遞送宅急便的想法。想到這裡，故事便開始動了起來。

首先，要決定登場角色的名字。最先定下名字的，是一直陪在魔女身邊的貓咪。過去我在巴西生活時，有一位叫做「喬喬」的朋友。我稍微改了一下他的名字，便成了「吉吉」。

另一方面，魔女的名字則遲遲無法定案。「吉吉」是由兩個發音相同的字組成，所以，我想再次使用同音字做為名字。途中考慮過「咪咪」、「卡卡」、「拉拉」等許多選項，但是都與我構思的魔女不相稱。就這樣，我每天不斷的思考，最後終於找到「琪琪」這個答案。實際念了一遍，就覺得再也沒有其他更合適的名字了。「琪琪」聽起來既可愛，又有一點魔女的味道，而且也很好記。

這一刻，琪琪喊出「榮子，請多指教！」，開始在天空飛行。我當然也追在後面，飛了起來。在撰寫故事的期間，我感覺自己真的飛在空中。若不這麼想，我可能沒辦法將天上的風是怎麼吹的，從空中俯瞰的城鎮模樣，描寫得讓人一看就能想像出畫面。

有時候到寬廣的原野上，我會張開雙手，躺到草地上仰望天空。每當我這麼做，便會覺得自己置身空中，甚至還能看見琪琪坐在掃帚上，在身旁一起飛行。《魔女宅急便》就是這樣開始的。

不過，琪琪才十三歲，還是個實習魔女。就算當快遞送東西，大家也不太信任她，甚至擔心自己的東西被掉包。

琪琪靠著開朗的個性，漸漸被居民接納。麵包店老闆娘索娜、蜻蜓等人都是她溫柔的依靠。

即使如此，其間還是發生許許多多的事。而琪琪總是發揮她的想像力一一克服。我從小就很喜歡聽故事，喜歡讓心情隨著劇情時而緊張，時而興奮，期待後續如何發展。如果最後是能放下心來的圓滿結局，便如同經歷了一趟愉快的旅行，整個人也會很有精神。

每一篇故事都有種種「發現」，帶給人勇氣。

這些是我的親身經驗。所以，我也萌生寫這種故事的念頭。於是，全六冊，加上兩本特別篇的「魔女宅急便」系列就此誕生。

「我也要像琪琪一樣，帶著勇氣活下去！」如果你讀過琪琪的故事後，有了這樣的想法，我會非常開心。

再過不久，琪琪就要飛向臺灣的天空囉。希望你也翻開下一頁，跟著她一起飛行。

登場人物介紹

琪琪

克里克城的魔女，今年十六歲。十分認真經營「魔女宅急便」以及製作「噴嚏藥」的工作。

吉吉

琪琪的魔女貓。一人一貓形影不離的同時，也常因同樣倔強的個性導致意見不合。

索娜太太

古喬爵麵包店老闆，與琪琪相遇那年生下了女兒諾諾，三年後又生下兒子奧雷。

蜻蜓

琪琪的好朋友，雖然不會飛，卻懂得很多關於飛行的知識，有著一雙又細又長的腿。

高嘉美・卡拉小姐

曾因美妙的歌喉擁有許多樂迷，但由於身材走樣失去了自信。

蔻蔻

突然出現在克里克城的女孩，不按牌理出牌的行徑讓琪琪和吉吉一度感到非常困擾。

前情提要

十六年前，在一片濃密的森林和綠草如茵的山丘環抱的小鎮上，一個名叫琪琪的小女孩出生了。這個小女孩有一個小祕密，她的爸爸歐其諾是普通人，她的媽媽可琪莉夫人卻是一位魔女，所以琪琪……等於是半個魔女。

十歲時，琪琪立志要像媽媽一樣成為魔女。不過，她不會太厲害的魔法。媽媽可琪莉夫人會騎著掃帚在天上飛和製作噴嚏藥這兩種魔法。但琪琪覺得製作噴嚏藥很麻煩，於是放棄了學習，所以，她只會騎掃帚在天上飛的魔法。說到這項魔法，琪琪可是一點都不遜色。她可以把黑貓吉吉放在掃帚尾上，在空中翻筋斗，或是直立往天上飛，這些高難度的動作都難不倒她。黑貓吉吉從小就和琪琪生活在一起，彼此在互助互愛中一起長大，因此，有人叫牠魔女貓，但牠只會一種魔法，就是可以和琪琪聊天。

魔女在十三歲時，必須展開修業之旅，尋找一個沒有魔女的城市或村莊，運用自己學到的魔法，獨立生活一年。這是成為真正的魔女前的修行，也可以讓世人了解，這個世界上還有魔女存在。三年前，這個故事的主人翁琪琪，出現在位於海邊的克里克城，借住索娜太太家所開的古喬爵麵包店的麵粉倉庫，運用唯一擅長的魔法——在天空中飛翔，開始了魔女宅急便的工作。終於順利結束了一年的實習，回到了故鄉。（請見《魔女宅急便》）

但是，琪琪無法忘記克里克城，她的好朋友蜻蜓也在那。於是，琪琪回到克里克城，決定要在那裡生活。在那裡，她遇見了許多不同的人，也遞送了各種不同的東西，更經歷了許多痛苦和歡樂。

那一年的秋天即將結束時，琪琪突然心神不寧起來。身為魔女的她，希望可以更加開拓自己的世界，這種想法愈來愈強烈。最後，她迫不及待的回到故鄉，請求媽媽可琪莉夫人教她製作噴嚏藥的方法。第二年夏天，琪琪收割獨自種植的藥草後，製成噴嚏藥，在「魔女宅急便」的看板旁，又掛了一塊「歡迎索取噴嚏藥」的看板。琪琪終於成為這座城市的居民的得力助手，生活也比以前更加忙碌了。（請見《魔女宅急便2琪琪的新魔法》）

歡迎索取
噴嚏藥
魔女琪琪
魔女宅急便
需要送貨嗎？
任何東西都可快速
送達您指定的地點
叫件專線 123-8181

1　春天又來了

自從琪琪住在克里克城以來，這已經是第四次在此迎接春天的到來。琪琪十六歲了。春分那天的清晨和晚上，她用媽媽可琪莉夫人教她的方法，在店門前的馬路兩旁播下藥草的種子。今年已經是第二次了。

今天清晨，她早早起了床，用噴壺澆水。她已經完全適應這份新的工作。黑貓吉吉靠了過來，抓起前爪玩耍著，好像要抓住空中的水。

「吉吉，你會被淋溼啦。」

琪琪停下拿著噴壺的手。

「水在陽光下的顏色好漂亮。」

「真的耶，是七色彩虹耶。」

琪琪瞇著眼睛，仰望天空。陽光已經有春天的味道了。這時，身後傳來一個愉快的聲音。

「哇，真不愧是藥草，還沒發芽，就聞得到香氣了。」

琪琪回頭一看，古喬爵麵包店的索娜太太正笑臉盈盈的站在那裡。身旁的小女孩一隻手用力抓緊索娜太太的裙子，另一隻手的大拇指放在嘴裡，發出唔、唔的聲音，她就是琪琪來到這座城市的第一年，索娜太太生下的諾諾，今年已經三歲了。害羞的躲在索娜太太背後的，是諾諾的弟弟奧雷。

「去年採收的噴嚔藥夠用嗎？」索娜太太問。

「還剩了很多。我媽媽說，每年收成的量都會剛剛好，但『剛剛好』考驗著魔女的智慧……」

琪琪轉過頭，有點不安的看著家裡裝噴嚏藥的瓶子。

「琪琪，妳又多了一種神奇的力量，對這座城市貢獻很大喲。」

「只是噴嚏藥而已，說是神奇的力量太誇張了。不過，我會好好努力的，而且店面也擴大了……」

索娜太太頻頻點頭，用力深呼吸，好像在聞泥土的味道。然後，輕聲唱了起來。

走在這條街上　啊哈哈
配合腳步聲　啊哈哈
啊哈哈　啊哈哈　啊哈啊哈啊哈哈——

琪琪跟著哼了起來。索娜太太又輕聲哼了一下，說：「哇，心情變得真好。好囉，待會兒見。」然後，牽著諾諾和奧雷的手回家了。

沒錯，今年年初，琪琪的店重新改裝了。首先，把之前放在一樓的麵粉袋全都移到二樓，店面變得比以前寬敞，又做了一間小型儲藏室，然後，把房間也從二樓移了下來。索娜太太認為這樣一來，房間內就會充滿藥草的芳香，更能夠隨時照顧種植在路旁的藥草。蜻蜓和克里克城飛行俱樂部的人協助琪琪完成了改裝工程。蜻蜓還特地為琪琪開了一扇小窗戶，讓她可以看到前面的馬路。每天早晨，琪琪在家裡走來走去時，看到窗外的藥草田，就覺得充滿自信，認為自己愈來愈像一個能幹的魔女了。

澆完水，琪琪開始泡茶。這種香氣格外誘人的野草茶，是茉莉（琪琪的好朋友，和弟弟兩人一起住在克里克城郊區）送給她的。這種野草茶有點甜甜的，又有點酸酸的，只要喝一杯，肚子就會餓得咕咕叫，很想馬上吃飯。茉莉還送給吉吉一個用草編織的小床，吉吉躺在上面，吐出桃紅色的舌頭，嘴巴動來動去的，好像從空氣中吸到了什麼好東西。

「吉吉，你看看你什麼樣子？你在學諾諾嗎？還是在撒嬌？」琪琪調侃著吉吉，自己也深吸了一口空氣。

「真香。」琪琪忍不住自言自語。這時，吉吉突然站起來說：「我是貓，我可以變

成與眾不同的貓嗎？」

然後，牠把尾巴豎得直直的，轉頭注視著自己的尾巴。

「你怎麼了？突然……好像演員一樣裝模作樣起來……與眾不同的貓是什麼意思？每個人不都是與眾不同的嗎？因為，每個人對另一個人來說，都是與眾不同的呀。」琪琪說道。

「琪琪，妳不覺得這樣太膚淺了嗎？我說的與眾不同才不是這個意思，我的意思是，要如何找到自我，和抓住尾巴不一樣啦。」

吉吉皺著眉頭，若有所思的看著遠方。

「你少說這些令人費解的話。我很喜歡你，在我眼中，你就是與眾不同的貓，這樣還不夠嗎？」

琪琪抱起吉吉，在牠鼻子上輕輕吻了一下。

「別這樣，黏答答的。」

吉吉從琪琪手上掙脫，抖了一下身體。琪琪驚訝的看著腳下的吉吉。就在這時，電話響了。

鈴鈴鈴鈴、鈴鈴鈴鈴。

「這裡是魔女宅急便。」

琪琪像往常一樣，精神抖擻的接起電話。

「啊啊啾——啊啾。」

電話裡傳來一陣震耳欲聾的噴嚏聲。由於聲音實在太大了，嚇得琪琪把話筒從耳邊移開。

「啊啊啊——啾——啊啾、啊啾。」

又是一陣噴嚏聲。琪琪嚇得拚命眨著眼睛。噴嚏聲聽起來很響亮，宛如在唱歌，遠處還傳來鋼琴的聲音，彷彿在為噴嚏伴奏。

「呃，這裡是……」

琪琪正準備重新自報姓名。

「啊啊啊啊……是魔女小姐嗎？藥……啊啾、啊啾……趕快……啊啊啾。」

「啊啊——好，請問要送去哪裡？」

琪琪好像也被對方感染了。

「電臺。啊啾——」

「送到電臺嗎？我了解了。」

琪琪大聲的複誦一遍，掛斷電話。

琪琪打開裝噴嚏藥的瓶子，看著天空想了一下，抓起一大把藥裝進紙袋，連她自己也訝異的瞪大了眼睛。

「咦？要這麼多嗎？會不會太多了？原本以為去年種太多……現在只剩下這些而已。應該沒問題吧……這或許就是魔女的智慧？嗯，相信自己一次吧。」琪琪自言自語著，把藥包和木製湯匙放進手提袋裡。「吉吉，你要去嗎？」

「當然要去，這還用問嗎？誰叫我的工作，就是形影不離的陪著妳。」

「吉吉，你最近好像常常抱怨。」

琪琪從牆上拿下掃帚，打開了門。

電臺門口，一個脖子上掛著耳機的男人正用力向他們招手。

「這裡……啊啊啾，真受不了。」

男人說完，轉身跑進電臺裡。琪琪追了上去，衝上電梯，跑過走廊，推開厚實的門，突然聽到裡面傳來一陣震天價響的噴嚏聲。二十個左右的男男女女紛紛用手捂著嘴巴，搖晃著身體，用力打著噴嚏。

「啊喲，怎麼大家都一起打噴嚏？」

琪琪詫異的大叫。

「啊啊……是春天的感冒……啊啾。」

「大、大家都在打噴嚏……啊啾。」

這時，剛才站在門口的男人用手帕擦了擦嘴，說：「應、應該是被對面山上的電臺感染了。啊啾——這次的啊啾——感冒……啊啾——威力很強……

啊啾——等一下要做節目……真傷腦筋。聽說這座城裡的魔女噴嚏藥很有效……真的……啊啾——有用嗎？」

「對，當然有用。」

琪琪斬釘截鐵的點點頭。

「吃了會不會想睡覺？」

「不會。」

「那趕快幫我們治好。我先送妳這個可以放在口袋裡的小收音機，作為謝禮。」

男人遞給她一個小包裹。

琪琪面露難色的說：「雖然你說要趕快治好，但也不可能馬上見效……要一天吃三次，在飯後當茶喝下去，才能……」

「什麼？」

所有人都異口同聲，發出失望的聲音。

「……不然就沒效嗎？」

「是這麼規定的……不過……既然是大家都一起相親相愛打噴嚏的集體噴嚏型感

冒……就讓噴嚏藥也相親相愛，把三次的份一起吃下去吧。」

琪琪突然想破壞規定，試試自己的方法。

「拜託妳。還有三十分鐘，就要上、上節目了。」

「哇，那要趕快了。」

琪琪把房間角落的杯子排在桌上，仔細打量每個人後，用湯匙裝量，加入熱水，交到他們的手上，大家手拿著杯子，「呼、呼」的吹冷後，立刻喝了下去。房間內頓時飄散著野草的芳香。

「嗯，鼻子有點通了。啊啾——」

「好像真的有效。」

「有用、有用，真的有用。」

他們喝了藥後紛紛說道。但琪琪心裡有一絲不安，因為，她違反了媽媽可琪莉夫人的叮嚀，讓他們把三次的份一起喝了下去，藥效會不會太強……或是完全無法奏效……？

「好了，那就開始練習吧……哈啾——」

剛才的男人站在前面，對大家說。在他說話的尾音中，仍然留下「啾」的不安聲音。

所有人都站了起來，排成一排。鋼琴「咚」的彈了一聲。男人輕輕舉起手。

當所有人都張開嘴……脫口而出的竟然是：「啊、啊——啊啾、啾——」

那些人的臉都一陣青，一陣白，你看看我，我看看你。

「但是、但是，大家的聲音很協調，協調得有點不可思議……」一個女人馬上說：「對啊，之前從來沒有這麼協調過。」

擔任指揮的男人瞪大眼睛說：「那麼，再試一次。」

鋼琴又「咚」的彈了一聲。

男人舉起手，所有人都張開嘴巴。

「啊啊啊、啊啾——哈哈哈、哈啾——」

高音和低音都很協調。

「哇，太棒了！大家哈啾的聲音這麼一致。」有人說道。

「那乾脆試試這個。唱一下〈啊啾、哈啾之歌〉，怎麼樣？」

「好吧，今天就相信魔女小姐的魔法……啊啾——」

琪琪不知所措的縮成一團，一步、兩步的往後退，當手摸到門把時，小聲的說了一句：「那……請你們好好加油。」然後慌忙走了出去。

琪琪飛回家中，打開掛在掃帚上的收音機開關，聽到播音員的聲音。

「這是每週一次的『歡樂歌聲』時間，今天擔任演出的合唱團，是成立已經有五週年的『大聲唱合唱團』。他們將為大家獻上〈啊啾、哈啾之歌〉。聽說，目前正在流行春季感冒，不過收音機不會傳染感冒，請大家放心。接下來，就請各位欣賞。」

鋼琴彈出「咚」的一聲，隨即傳來歌聲。

啊啾，啊啾
啊啾，啊啾
啊啊啊啾
大家一起啊啾
啊啊啊啾
大家一起啊啾啾

「哈哈，真好聽。呵呵呵。」

琪琪笑了起來。

「說不定，他們會因此大受歡迎……世界上就是會發生這種事。不過，等他們感冒好了，就又恢復原來的聲音了。」吉吉故意學大人的語氣說完，皺了皺鼻子，也跟著一同笑了起來。但隨即又用嚴肅的聲音補充：「琪琪，妳沒有遵守可琪莉夫人的叮哼，真的沒問題嗎？我可不管喔。」

「我感覺可以三次的份一起吃。雖然和可琪莉魔女的方法不一樣，但我覺得可以試試琪琪魔女的方法。不是按照可琪莉魔女的量，而是運用琪琪魔女的智慧計算出來的。」

琪琪注視著前方，說完，在空中翻了一個筋斗。

「吉吉，想不想吃巧克力？我想買巧克力。」

「我不要。每次吃巧克力，都覺得心跳得好快。」

「是嗎？那我找蜻蜓一起吃。」

琪琪朝向附近的零食店慢慢降落。

「琪琪……原來妳想讓心跳得很快。」

吉吉撇了撇嘴，輕輕笑了笑，跳上了琪琪的背。

琪琪買了巧克力，來到蜻蜓家門口前，發現蜻蜓正滿頭大汗的在窗戶旁，用砂紙磨著竹片。

琪琪訝異的對吉吉說：「咦，有一段時間沒看到蜻蜓，他好像長高了。」

「他現在是長高的年齡……那是索娜太太說的。那個年紀的男生，即使在睡覺的時候，骨頭也會拚命的長，聽說，還會發出滋滋咯咯的聲音哩。」吉吉在琪琪的身後說。

「怎麼可能？」琪琪笑道。

琪琪揮了揮手，蜻蜓立刻發現了她，便走到門外。

「琪琪，怎麼了？」蜻蜓問。

「他的聲音也像老頭子一樣。嘻嘻嘻。」

吉吉縮著脖子竊笑起來。

「要不要一起吃點心？」

琪琪拿出巧克力，說道。

「哇噢，真的嗎？可以分我吃嗎？」蜻蜓瞪大了眼睛，興奮的眨著眼睛。「我好想爬到樹上吃。既然和妳在一起，就要遠離地面……對吧？」

蜻蜓說完，爬上庭院的樹，坐在最下面的樹

枝上。琪琪也降落在那根樹枝上，坐到蜻蜓身旁。原本停在樹上歇息的鳥兒紛紛移到旁邊的樹，伸長了脖子，納悶的看著突然出現的兩個人。

「即使只有這點高度，離開地面，感覺就會完全不一樣，太興奮了。琪琪，妳每次都是這種心情嗎？」

「對啊，每次飛行都很興奮。真希望我們可以一起飛，這樣的話，我會更興奮。」

琪琪縮著脖子，連續說了兩次「興奮」，然後，吐了吐舌頭，聳了聳肩。

「正因為做不到，所以才好玩。因為，我可以想像妳的心情。如果我也有相同的能力，就不會想像了。」

「你常常想像嗎？」

琪琪探出身體看著蜻蜓。

「對啊，常常。」

蜻蜓也回頭看著琪琪。那是蜻蜓熱中於快樂的事時特有的眼神。

「真的嗎？你會……想像我的事嗎？」琪琪語氣振奮的問：「那，我下次要飛得更帥氣一點……對了，我剛才送噴嚏藥給合唱團的人……我沒有遵守可琪莉夫人的叮嚀。藥原本應該分三次喝，但我叫他們一次喝完。因為，我覺得這樣做比較好。」

琪琪像在自我辯解般的說。

「嗯，沒問題啦，妳就是妳啊。」

蜻蜓用力點點頭。然後，吸了一口氣，把巧克力放進嘴裡，說：「現在，我也在嘗試新的事情。我在做竹蜻蜓，是發條式回轉浮遊型的竹蜻蜓哦。」

「呵呵呵。」

琪琪忍不住笑了起來。

「我知道妳為什麼笑。妳是不是覺得蜻蜓做竹蜻蜓很奇怪？不過，這次的竹蜻蜓真的很厲害，它會快快樂樂的飛在空中，散步一圈後，再飛回來。」

蜻蜓的雙眼閃閃發光。

「竹蜻蜓會……快快樂樂的飛在空中嗎？好厲害。要怎麼做？」

琪琪雀躍的搖晃著樹枝。

「就像妳的藥草一樣，要播種、澆水。哈！騙妳的啦。」蜻蜓對琪琪笑了笑，突然點點頭，說：「嗯，或許真的有點像……可能有一點魔法喔……」

「它是怎麼飛的？」

「呼的一下子飛出去，就像花的種子一樣。聽說，南方群星群島的某座島嶼上，有一種會以很快速度飛在空中的植物種子……我希望我的竹蜻蜓可以在空中盤旋，也可以飛回來。我很有自信喔！」

蜻蜓微微張開雙手，輕輕拍打著。

2 兩顆發亮的紅球

那天傍晚，琪琪和吉吉回到家時，天色已經完全暗了。古喬爵麵包店的燈光灑在前方的馬路上，麵包店裡擠滿了下班回家的客人。

琪琪急忙把掃帚掛在牆上，跑去幫索娜太太。

「琪琪，妳回來了。太好了，來，幫這位客人包五個奶油麵包。」

索娜太太一看到琪琪，立刻說道。

「啊，還有吉吉，也請你幫忙照顧諾諾。」

「好。」諾諾很有精神的回答。諾諾一邊叫著「抱抱、抱抱」，一邊跨在吉吉的肩上。吉吉幾乎被壓垮了，一臉不悅的從後門走了出去。

「啊啾——」

門外傳來一聲不知道是吉吉還是諾諾的噴嚏聲。

琪琪笑著目送他們遠去，有人輕輕拍了她放在櫃臺上的手。琪琪抬頭一看，是一個小女孩。她的頭髮在頭頂兩側高高的綁了兩根辮子，瀏海垂在前面，似乎刻意遮掩她銳利的目光。

「請給我兩個轉啊轉的巧克力麵包。」

她的聲音很沙啞，看起來比琪琪小好幾歲，但聲音好像因為過度使用而啞啞的。

琪琪被這個聲音嚇到了，趕緊客氣的說：「好，馬上來。」然後，拿出袋子，裝了兩個麵包進去。

「不用包沒關係。」女孩用沙啞的聲音嘿嘿嘿的笑著接過麵包，把麵包尖尖的地方插進兩根辮子的橡皮圈中。然後，抬頭看著琪琪和索娜太太，遞上零錢，問：「怎麼樣？很漂亮吧？」她高高舉起手，用手指摳出麵包上滿出來的巧克力，放進嘴裡。

「喂、喂，我們家不是美容院，是麵包店。」

索娜太太瞪大眼睛，對著小女孩說。

「對啊，所以我才來買嘛。」女孩接著說了聲「掰掰」，兩隻手輪流高高舉起，把巧克力摳出來放進嘴裡，走出店外。

「哇噢。」

索娜太太張大了嘴巴，好久都無法合起來。琪琪也隔著玻璃門，訝異的看著女孩遠去的身影。

女孩身上穿著一件用淺淺的蕾絲布做成的黑色洋裝，風一吹，就像窗簾一樣飄了起來。她頭上插著巧克力麵包，走在夕陽下的身影，就像頭上長角的小鬼一樣。

琪琪和吉吉回到家裡，打開門，吉吉在門口停了下來，拚命動著鼻子。

「家裡好像有人。」

「怎麼可能？」

琪琪的手扶著門，悄悄向裡面張望著。

「這座城市裡不會有人擅自闖進別人的家裡。吉吉，你的鼻子是不是因為打噴嚏出了問題？」

「因為我們都不鎖門，有心人隨時都可以偷溜進來。」吉吉站在琪琪身後害怕的張望著，說：「琪琪，妳在城市生活後，漸漸失去野性，失去感覺的能力了。」

吉吉難得表現出攻擊的態度。

「你說錯了，我具備的不是野性，而是魔性。」琪琪把吉吉說的話頂回去之後，才覺得說魔性有點太誇張了。「況且，誰要來這種什麼都沒有的家裡？」

琪琪一進門，立刻伸手打開燈。天花板附近的吊燈頓時發出光芒，照亮了房間的每一個角落。打開燈之後，一切都和平時相同。只有蜻蜓他們幫她建造的儲藏室的門微微打開了一條縫。

「掃帚是我最重要的財產，即使別人拿了這把掃帚也飛不起來。自從上次蜻蜓拿了我的掃帚偷飛，從懸崖掉下去後，這座城裡的人都知道這件事。」

「或許有人覺得，魔女的家裡可能有更值錢的東西。」

「真是大錯特錯。魔女的生活很單純，和大家相互幫助，收一點謝禮而已，根本沒有什麼值錢的東西。」

「但可能有人並不了解。比方說，那些從很遠的地方搬來的人。」

「吉吉，你為什麼老是喜歡胡思亂想？」

「因為，琪琪妳最近很心浮氣躁耶。」

吉吉抬頭挺胸坐在地上，東張西望的巡視整個房間。突然，牠悄然無聲的跑向儲藏室，向門縫張望。

「心浮氣躁是什麼意思？」琪琪問道。

「就是和一般人沒什麼兩樣。」

吉吉頭也不回的答道。

「那又怎樣？」

琪琪說著，突然回想起媽媽可琪莉夫人。可琪莉夫人雖然和大家一樣，卻又與眾不同。琪琪頓時感覺周圍的空氣變得不一樣了，漸漸溫暖起來。

「啊啾——」

琪琪突然打了一個噴嚏。

「哈啾——」吉吉也渾身抖了一下，「我被傳染感冒了。今天晚上，我要睡在妳的被子裡。」

「好啊，今天就破例吧。」

琪琪也用帶著鼻音的聲音回答。

琪琪突然張開眼睛。

這裡是……哪裡？雖然腦袋還在沉睡，眼睛卻好像特別清醒。琪琪躺在被子裡，環視黑漆漆的家，在房間角落發光的藥瓶和窗戶上的窗簾都一如往常。夜空的光線從大門門縫裡鑽了進來。

「咦？」

琪琪的身體抖動了一下。儲藏室的門虛掩著，但裡面有兩顆紅色的小球發出淡淡的光，彷彿在夜晚的森林中看到的動物眼睛。琪琪立刻用腳踢了踢被子裡的吉吉。

「吉吉，快醒醒、快醒醒。」

琪琪輕輕叫著吉吉，揉了揉眼睛，紅色的小球消失不見了。

「奇怪，難道是我還在做夢……？」

琪琪鬆了一口氣，繼續倒頭大睡。但被琪琪踢醒的吉吉悄悄從被子裡爬了出來。轉頭一看，發現琪琪又呼呼大睡了。

「搞什麼嘛！把我吵醒，自己卻倒頭大睡。」

吉吉嘟著嘴，正準備鑽回被子，身體卻僵住了。因為，牠看到儲藏室裡，有兩個紅色小球發著光。

「嘎哇！」

吉吉輕輕叫了一聲，翻身跳下床，衝了過去，豎起爪子一撲。一塊黑布從天而降，裹住吉吉。吉吉嚇得發不出聲音，這時，一隻細細的手臂用力抱住了吉吉。

「你做我的貓咪吧。拜託，做我的貓咪吧。」

那個聲音在吉吉的耳朵旁邊輕輕說道。

「喵嗚！」

吉吉在喉嚨深處慘叫一聲，牠想要逃，但身體僵住了，根本無法動彈。

眼前的布鬆開了，黑色的影子像風一般跑向入口的方向，打開大門，無聲無息的消失在門外。

一切都發生得太突然了，吉吉嚇得癱坐在地上。然後，好不容易才能拖著身體，坐在琪琪的拖鞋上，抱著尾巴，蜷縮成一團。

「早安，吉吉。」琪琪像往常一樣，很有精神的打著招呼。吉吉大吃一驚的站了起來，琪琪看著牠問：「吉吉，你不是說，你雖然一直是我的貓，卻沒有失去野性嗎？」

「為什麼突然問這種事？」

「昨天晚上，有沒有發生奇怪的事？昨天，你說好像有人在家裡，半夜的時候，我突然醒了過來。結果，看到儲藏室那裡有紅紅的東西發著光。我以為是夢……但貓不是比人敏銳嗎？所以，我在想，或許你發現了什麼。」

「沒有啊。」

吉吉不敢看琪琪，拚命搖著尾巴。

「這麼說，果然是夢。可能是因為感冒的關係吧。」

琪琪獨自點著頭，打開窗簾。天氣晴朗，太陽照了進來，房間頓時一片明亮。

又是一天的早晨開始了。

吉吉偷偷抬起頭，偷瞄著儲藏室的方向。

鈴鈴鈴鈴、鈴鈴鈴鈴。

「這裡是魔女宅急便。」

琪琪接起電話，大聲的說。

「喂喂、喂，咦？」琪琪把電話從耳邊移開，仔細端詳後，又放了回去。「電話掛掉了，好奇怪。」

不一會兒，又響起「鈴鈴鈴鈴、鈴鈴鈴鈴」的電話聲。

「早安，請問有何貴幹……請問是哪位？咦？怎麼又掛了。真奇怪，好可怕。」

琪琪皺著眉頭，自言自語的說：「又是惡作劇電話。」

吉吉聽了，身體顫抖了一下。

你做我的貓咪吧。拜託，做我的貓咪吧。吉吉的耳邊又響起昨晚那個輕輕說話的回音。這是牠有生以來第一次聽到有人對牠這麼說。要做別人的貓……至今為止，吉吉從來沒有想過這個問題。牠始終認為，自己注定就是琪琪的貓，這是自己的命運。

琪琪脫下睡衣，把頭和手伸進衣服，換上了唯一的洋裝。
「吉吉，你怎麼了？今天怎麼特別安靜？」琪琪探頭問道。
「沒事。」
「你從剛才就一直說沒事、沒事。一定是發生了什麼事，快告訴我。」
「沒事啊。」
吉吉說著，快步走到陽光下，翻身躺了下來。
「琪琪，我想請妳幫個忙。」
索娜太太從門口探頭進來。
「早安，今天的天氣真好。」
琪琪十分高興的說。
「琪琪，可不可以幫我去郊區葉子市場的果醬店，買一大瓶櫻桃果醬回來？去年我以為做得夠多了，沒想到還是不夠用。我會先打電話告訴他們，說妳會過去拿。」
「好，沒問題。吉吉，出發了。」琪琪轉頭叫吉吉，「你又要說『不要』或是『沒事』嗎？」

「哼，沒事。」

吉吉悄悄的走向琪琪。

「咦，怎麼了？你們在吵架嗎？」索娜太太問。

「吉吉從早上起來後就怪怪的。」

琪琪走到索娜太太身旁，小聲的說完，接著走到門口，騎上掃帚，一下子就飛了起來。吉吉急忙跳上掃帚，掃帚用力搖晃著，差點撞到古喬爵麵包店的看板。

「我肚子很餓……不能先吃早餐嗎？」

吉吉好不容易爬上掃帚，開始抱怨起來。

「沒有人管我的肚子餓不餓。大家都無視我的存在。」

「你到底怎麼了？怎麼滿口抱怨？到了市場，我會買東西給你吃。」

「算了，不用了。妳幹麼用那麼不耐煩的口氣說話！」

「吉吉，你現在是叛逆期嗎？」

琪琪誇張的嘆了一口氣。

果醬店的老闆娘見到了琪琪，驚慌的叫了起來，「咦？剛才有另一個女孩子說是古喬爵麵包店的人，拿走果醬了……就是剛剛而已。」這時，她突然伸長脖子，指著坡道上方說：「對、對，就在那裡，現在正要轉彎，就是那個孩子。」

琪琪轉頭一看，只看到黑色的裙角消失在遠方房子的後面，琪琪立刻抓起掃帚，飛了起來。

「啊！這才是真的魔女嗎？慘了，慘了！」

果醬店老闆娘驚慌的大叫起來。

琪琪在一條兩側都是房屋的小巷裡飛著，好幾次都差點撞到牆壁。她來到剛才黑色影子消失的街角，在半空中停了下來，四處張望著。然而，她卻沒有看到半個人影。從海面上帶來的風迎面吹來，寧靜的住宅區內，每家每戶都拉著窗簾，一副與世隔絕的樣子。坡道下方，一個男人站著騎腳踏車，左搖右晃，吃力的騎了上來。整條路上就只看到這個男人。剛剛那個女孩應該沒走遠，但到底去了哪裡？琪琪騎著掃帚追，對方只是用兩條腿跑而已。

琪琪降落到地面上，仔細檢查每一條小巷。有一幢房子裡傳來收音機的聲音，遠遠還有機車的聲音。琪琪又飛了起來，飛到超過屋頂的位置左顧右盼著。路上有幾個行人，即使張大了眼睛，也沒看到剛才的黑色身影。遠方鬧區有許多人影晃動，但在這麼短的時間裡，怎麼可能跑那麼遠？

「好奇怪，竟然消失不見了。」

琪琪皺著眉頭，努力回憶，總覺得有點不太對勁。

但是，現在必須找到索娜太太託自己買的果醬。剛才太著急了，竟然把吉吉留在店裡。琪琪回頭一看，發現吉吉正抬頭挺胸，豎著尾巴，好像雕像般直挺挺的坐在遠處果醬店門口。

「慘了，吉吉一定又會不高興了。」

琪琪慌忙向右來了個一百八十度迴轉，飛了回去。

「真傷腦筋。去年的櫻桃果醬只剩下那一瓶了，其他的果醬不行嗎？不過，太奇怪了，剛才那個孩子明明說，是來幫索娜太太拿果醬的。」果醬店老闆娘滿臉歉意，又像是在為自己辯解。「梨子果醬也很好吃，不行嗎？」

「那，就請妳給我梨子果醬吧。」

琪琪付了錢，把果醬包裹掛在掃帚上，讓吉吉坐上掃帚後，才飛了起來。

「琪琪，妳覺得那個逃走的孩子到底是誰？」

「小偷。」

琪琪毫不客氣的說。

「喔，是嗎？算不上是小偷吧，因為人家付了錢……對了，應該算是強盜，喜歡橫刀奪愛、搶別人東西的強盜。」

「吉吉，你是不是知道什麼？」

「我怎麼可能知道？」吉吉大聲抗議，身體卻抖了一下。然後，小聲的重複著：

「強盜、強盜……」

琪琪垂頭喪氣的回到古喬爵麵包店，索娜太太說：「琪琪，辛苦了。妳怎麼把果醬掛在看板上，也不說一聲，是不是突然有其他工作了？」

「什麼？果醬？」

「對啊，就是我叫妳買的櫻桃果醬啊。妳應該跟我說一聲嘛。不過，我馬上就發現了，別擔心。」索娜太太自顧自的說完，又放心的點點頭。「等櫻桃果醬麵包做好，我再拿去給妳吃。」

「謝謝。」

琪琪用沙啞的聲音說。

回到家裡，吉吉撲上去說：「妳為什麼不告訴索娜太太。」

「不知道為什麼，就是不想說。」琪琪極度失望，從櫃子裡拿出麵包，把剛買回來的梨子果醬塗在麵包上，說：

「吉吉，對不起，這麼晚才吃早餐，就吃這個吧。」

3 高嘉美・卡拉小姐

琪琪從床上坐了起來，左顧右盼。最近，每到晚上，她總是輾轉反側，現在又突然驚醒過來。

琪琪瞇著眼，看著窗外，瞇起眼睛看到的藥草田顯得特別灰暗。

從春分那天開始，連續澆了十三天水後，琪琪就鬆了一口氣，沒有太注意藥草的事。藥草田看起來特別灰暗，是因為淡綠色的柔軟藥草葉上積著朝露，閃爍著銀色的光芒。

「我……有點……」琪琪突然喃喃自語。

「有點什麼？」

吉吉動了動耳朵，跑到琪琪的腳下。

「就是……不知道啊。」

琪琪將視線從藥草田移開，噘著嘴巴。

「妳的沉思病好像又開始了。不過，妳真的好久沒犯病了。」

「好像有什麼東西懸著，讓人心裡發慌。難道是最近空氣潮溼的關係嗎？」

「哪裡懸著？」

「哪裡呢？應該是脖子後面吧。」

琪琪轉動了一下脖子。

「我知道了，是不是後腦勺的地方？這種時候，只要抓著脖子的後面，讓人把妳抓起來甩一甩，身體就會輕鬆多了。索娜太太店裡，不是有個客人，身上總是有股魚腥味嗎？就是在海港市場工作的那個阿鑫，那個大叔很會這一招。他每次都把我抓起來，輕輕甩一甩。」

「吉吉，你真狡猾……愛撒嬌。我好羨慕你，別人可以輕而易舉的把你抓起來甩一甩，卻沒有人可以把我抓起來。」說著，琪琪看著窗外，「啊，是蜻蜓。」

「或許他可以抓住妳。嘖嘖嘖。」吉吉調侃的咂著舌頭，跳到窗框上。蜻蜓兩手插在口袋裡，正從對面走過來。「他的腿好細，好像圓規一樣。嘻嘻嘻。」

「你好過分，他的腿很長，很帥啊。」

琪琪前一刻還情緒低落，此時卻判若兩人。她快步離開了窗戶，竊笑著躲進牆壁後方。

「琪琪在家嗎？」

蜻蜓斜著身體，探頭看著窗內。

「在啊。」琪琪從牆後跳了出來。

「妳現在有空嗎？」

「有空啊，當然。」

「藥草長得真快，已經長那麼高了。我走在對面轉角的地方，就聞到香氣了。」

蜻蜓回頭看著剛才經過的藥草田。

「對啊，我也發現藥草一下子就長那麼高了。長這麼快，總覺得好像快被它們追上了。啊，蜻蜓，你的發條式竹蜻蜓做好了嗎？」琪琪問道。

「是啊。」蜻蜓害羞的笑了起來，「我想先讓妳看。」

「我想看、我想看。」

「那就來一次歷史性的處女飛行吧。」

「真的嗎？現在馬上嗎？」

琪琪張大眼睛，注視著蜻蜓。

「等一下，飛行要講究一點……要選擇最美的時間。嗯，在夕陽下飛行應該不錯。傍晚的時候，魔法也比較容易發揮……」

「在哪裡？你要在哪裡飛？」

「嗯，我想，海邊比較好。妳覺得無盡公園怎麼樣？」

「太棒了。我一定去。」

「好，我會在傍晚之前調整好。因為，這是竹蜻蜓的處女飛行……對吧？」

蜻蜓又叮嚀了一次，甩著兩隻手，跑著離開了。

「吉吉，你聽到了沒有？」

琪琪轉過頭，好像在說悄悄話般小聲問道。

「聽到了，太誇張了……還處女飛行哩。只是竹蜻蜓飛，又不是蜻蜓自己飛。」

吉吉咂了一下舌頭。

鈴鈴鈴鈴、鈴鈴鈴鈴。

電話響了。

「那不是普通的竹蜻蜓，是發條式回轉浮遊型竹蜻蜓，很厲害喔。」

琪琪又重複了一次，才拿起電話。

「這個竹蜻蜓還真會搞花樣。」

吉吉聳了聳肩。

電話的那頭傳來似高若低的女人聲音。

「妳是魔女快遞吧。來幫我處理一下這些衣服，幫我搬走。」

好像在哪裡聽過這個聲音……琪琪豎起耳朵。

「好，我很樂意。請問府上在哪裡？」

「梧桐街六號的公寓三〇八室，我已經把衣服從衣櫃裡拿出來了，所以，希望妳可以快點過來。」

「好，我馬上就到。」

琪琪關上窗戶，伸手拿起掃帚。

「吉吉，你要去嗎？」

「當然，我們是合夥人啊。」

吉吉抬起肩膀，自以為是大人物，大搖大擺的跟著琪琪。

琪琪一到，出來迎接的女人就指著房間裡面。

「妳看！」女人聳了聳肩，她一頭鬈髮，好像雨傘般撐開，身上穿的一件寬鬆袍子有如一床棉被。她的年紀看起來比琪琪大很多。房間原本就不夠寬敞，如今鏡子前堆滿了各種色彩鮮豔的衣服。「這些衣服都穿不下了，我發胖了，整個房間都被我占滿了，根本沒地方放。所以，我想把這些衣服送給朋友。」

「全部嗎？這麼多漂亮的衣服都要送人嗎？」

琪琪覺得很可惜，忍不住嘆了一口氣。

「對，全部。我已經穿不下了，放在家裡也只會占地方。」

女人懊惱的撇著嘴。

「她的聲音會在肚子裡產生回音。」吉吉喃喃說道。

「好，那我把衣服摺起來。」

琪琪拿起放在最上面的一件鮮黃色禮服。飄逸的禮服上，宛如點綴了許多花瓣。琪琪瞥了女人一眼。女人的一雙大眼睛看著禮服，琪琪假裝沒看到，開始摺起衣服。

「啊，等、等一下。這件禮服……」

女人握著已經摺好的禮服的衣角，拿了起

來，讓禮服在面前輕飄飄的垂下。女人緊緊抱著禮服，輕輕搖動著身體，同時輕聲的唱起歌來。

走在這條街上　啊哈哈
配合腳步聲　啊哈哈
可不可以和你一起走　啊哈哈
一起走向遠方閃爍的城市　啊哈哈

「啊，妳是高嘉美．卡拉小姐？」琪琪詫異的問。
「妳認識我？」
「對，我很喜歡這首〈輕輕的，啊哈哈〉。我剛來這座城市時，這首歌紅遍大街大巷，我經常從廣播裡聽到。」
「妳不需要安慰我。已經是多年以前的事了。魔女小姐，妳今年幾歲？」
「十六歲。」

「妳還是個小孩子嘛，真早熟。」

「不過，這首歌感覺很大人，我很喜歡。我……希望別人覺得我成熟一點。」琪琪說著說著，回想起初來乍到克里克城，還不適應這裡的生活，每天緊張不已的日子裡，經常聽到收音機播放這首歌。歌聲在她的體內泛起小小的漣漪，為她增加了活力。「這件禮服也有『啊哈哈』的感覺。」

卡拉小姐依依不捨的看著比在身前的禮服。

「啊哈哈，沒錯，這是我創作這首歌時特地訂製的。雖然很貴，但我太高興了，狠下心來訂做了一件。沒想到，現在竟然穿不下了。」卡拉小姐難過的嘆了一口氣，「這件禮服去過很多地方，陪我一起唱歌，和許多人見面，做過很多夢……也有許多掌聲，許多握手，許多回憶……不知道什麼時候才能找回夢想，啊哈哈……既然有回憶，就必然有難過的事，啊哈哈，要提得起，放得下，該放棄了啊哈哈。」

卡拉小姐時而說話，時而唱歌，然後，把禮服遞給琪琪。

「妳真的準備放棄嗎？」琪琪語帶惋惜的問。

「因為現在我已經不紅了，而且又胖成這個樣子。」

卡拉小姐撇著嘴，張開雙手，讓琪琪看她的身材，一副快哭出來的樣子。

「妳的聲音那麼好聽，怎麼會不紅？」

「謝謝妳。我對自己的聲音也很有自信。但現在即使唱歌時，心情也不會感到舒暢，總覺得這裡好像悶悶的。」

卡拉小姐把雙手按在胸口，輕輕笑了起來。

「當我內心很不安時，我也曾經有這樣的感覺。這種時候，我就會去離家有一段距離，一個像隧道般的杉木林道唱歌，有時候也會唱妳的歌。」

「啊，我知道那裡，那叫夕陽路。」

「那條路有名字嗎？我從來都不知道。」

那排杉木林道兩旁的杉木十分茂密，枝葉在上空交織成一片，形成一條綠色隧道。一到傍晚，林道深處就會愈來愈暗，探頭張望時，感覺這條綠色隧道會通往另一個世界。

「當我感到寂寞時，就會站在林道入口，大聲唱歌，向林道吐露心裡的感覺。於是就會覺得林道深處好像有人在靜心傾聽，心情就會漸漸平靜下來……對了，卡拉小姐，要不要去那裡試試？」

琪琪探出身體。

「我的問題不可能這麼輕易解決。」

卡拉小姐舉起一隻手，用力揮了揮。她飽滿的胸部搖晃著，深深嘆了一口氣。

「不過，去試試看，也許能夠放鬆心情……」

「現在嗎？」

「對啊，差不多快傍晚了，時機剛剛好。如果天色太亮，可能會覺得不好意思吧？」琪琪說著，站了起來。吉吉露出擔心的眼神，抬頭看著琪琪。「吉吉，你也一起去嗎？」

「要啊。但是妳沒問題嗎？」

琪琪拿起掃帚說：「當然沒問題。吉吉，你總是喜歡和別人唱反調，這是你的壞習慣。」

吉吉瞪著琪琪，不安的說：「我不管妳了，迷糊蛋。」

「我們走吧。」琪琪不理會吉吉的話，拉著卡拉小姐的手，像唱歌般的說：「可不可以和你一起走，啊哈哈。」

「但是，真的……沒問題嗎？」

吉吉圍著琪琪和卡拉小姐打轉，獨自嘀咕著。

低垂的陽光照在夕陽路上，林道的一側格外明亮，使林道深處感覺更加幽暗，整條林道完全沉浸在一抹夕陽中。

「這條路果然有一種毛骨悚然的感覺。」卡拉小姐說著，戰戰兢兢的朝林道深處張望。

「聽說，以前裡面有一幢大房子。不過現在已經不在了，所以很少有人來這裡。」琪琪說著，往林道裡走了一步，大聲的叫著：「啊——、啊啊——啊。」聲音慢慢的在樹林中產生回音，然後，消失在黑暗的盡頭。

「哈哈——啊啊啊——啊。」卡拉小姐也叫了起來，然後，微微踮起腳，探頭看著林道。「真的耶，裡面真的好像有人在聽。」她誇張的聳了聳肩，小聲的唱道：

「我是卡拉，不是琪琪。請、多、關、照。」

「好久沒有這種感覺了。」當琪琪轉過頭時，卡拉炯炯有神的看著她，「我好想在這裡創作歌曲……一定可以寫出很好聽的歌。」

「好啊，太好了。」

琪琪用力點頭，卡拉小姐做出好像抱吉他的姿勢，揮著手，開口唱了起來。

噗隆隆　噗隆隆
風兒似乎變了
輕輕的飄動
新的生命正在誕生
噗隆隆　噗隆隆

琪琪隨著卡拉小姐的歌聲搖擺身體。

「吉吉，你也一起跳吧。」

「除非唱貓跳舞的歌。」吉吉抬起眼睛說。

「真是的，吉吉。」琪琪笑了起來。

「貓咪說什麼？」卡拉小姐問。

「牠說，要妳創作一首貓咪會喜歡的歌。」

「是喔，真有趣，好，我來創作看看。」

卡拉小姐探出身體，突然張大眼睛，誇張的擺著手，大聲的唱了起來，「好，那就來一首〈貓咪的尾巴〉。」

「哼，只要一提到貓，就拿尾巴做文章，真缺乏想像力。」吉吉說著，把自己的尾巴夾進後腿。

「咦，牠做出這個姿勢，是不是不喜歡？」

卡拉小姐露出十分失望的表情。

「那麼，聽聽這個……」

貓咪笑了
身體扭啊扭啊
喵嗚　喵嗚　喵嗚　喵嗚
牠的笑聲　好像在唱歌
心情大好　心情大好
身體扭啊扭啊
喵嗚　喵嗚　喵嗚　喵嗚

卡拉小姐用腳輕輕打著拍子，隨著歌聲扭著腰。吉吉的嘴角放鬆，露出潔白的牙齒，也扭動著身體，牠的尾巴前端像是直升機的螺旋槳，慢慢的轉動起來。

啊哈哈哈　扭啊扭啊　喵嗚喵嗚

「好神奇，好像壓在心頭的蓋子打開了，歌聲一直飛進來。心情真暢快。」卡拉小姐的歌聲和剛才不同，愈來愈高亢，「我以後也要常常來這裡唱歌……嗯，只要創作就好，創作就好。」

「我覺得很棒。只要妳常常唱歌，或許就穿得下那些禮服了。」琪琪點著頭說。

「對啊、對啊。」卡拉小姐也興奮的拚命點頭，「那些衣服，我還是留著吧。」

和卡拉小姐分手後，琪琪和吉吉走在回家的路上。天色已經暗了下來，西方的天空角落，只剩下一條細線般的晚霞。雖然沒有接到宅急便的工作，但琪琪的心情特別好。回家的路上，她一路唱著歌。

「下次一定可以在收音機裡，聽到卡拉小姐的歌聲。」

吉吉快步追上琪琪。

「嗯，絕對沒問題。」

琪琪點了點頭。就在這時，他們看到一道人影從旁邊的小巷子走向深處，而且聽到了歌聲。

貓咪笑了

身體扭啊扭啊

喵嗚　喵嗚　喵嗚　喵嗚

「咦？這不是吉吉的歌嗎？才剛創作的，怎麼就有人唱了？」琪琪突然轉過身說：「等一下。」便追了上去。

「有什麼事嗎？」

人影轉過身。她不就是之前去索娜太太的店裡買麵包的奇怪女孩嗎？綁在頭頂上的兩根辮子，好像被風吹起的噴泉一樣。

琪琪大吃一驚，停下腳步。由於剛才跑步的關係，她還在大力喘著氣。

「妳怎麼知道這首歌？」

「不可以嗎？」

女孩抬起下巴，回瞪著琪琪。

「妳剛才也在杉木林道嗎？」

「我才不知道什麼杉木林道。那是哪裡？我去哪裡都要一一向妳報告嗎？」

她的口氣明顯充滿挑釁。琪琪不禁向後退了幾步，想要說的話卻脫口而出。

「我知道了，就是妳冒用我的名字，拿走了櫻桃果醬。」

「妳說什麼？」

「希望妳別再做這種事了。我自己的工作，我會自己做。」

「我有說是我做的嗎？我們只是剛好在路上碰到，妳憑什麼盛氣凌人的對我說話？」

女孩從上到下，仔細打量了琪琪。

「因為……因為……妳到底是誰？住在哪裡？……是這座城市裡的人嗎？……妳幾歲？」

琪琪慌張起來，完全不知道自己到底在說什麼。她一邊說話，一邊往後退。

「妳為什麼什麼都想知道？妳為什麼非知道我是誰不可？如果不是哪一家的乖孩子，就會令妳感到不安嗎？」

女孩像連珠砲般說完後，轉身就走，還伸手摸了摸路旁的草。

「對不起那……請妳告訴我，妳叫什麼名字？」

琪琪對著女孩的背影大叫。

「我，我叫蔻蔻。」她轉過頭，丟下一句，「貓咪，多保重，要乖乖喔。」然後，又背對著他們，舉起手，左右揮了揮。頓時，吉吉整個身體像結冰般僵在原地。

女孩大步離開，在前面的街角突然消失不見。這時，歌聲再度傳來。

蜻蜓雖然飛了

翅膀卻卡卡卡的抖啊抖　抖啊抖

同時，還夾雜著高亢的笑聲。

聽到這首歌，琪琪臉色大變。

「啊，慘了。怎麼辦？我忘了和蜻蜓的約會。」

琪琪立刻抱起還在原地發呆的吉吉，騎上掃帚，飛了起來。西邊天空的晚霞只剩下細細的一條。琪琪快速的飛啊飛，終於來到了無盡公園的上方，發現蜻蜓獨自孤伶伶的坐在鞦韆上。

「對不起，我遲到了。」琪琪大叫著，在蜻蜓身旁降落，「現在天色太暗，不行了嗎？」

蜻蜓一言不發的站了起來，抬頭看著天空。

「我等不及，就先試飛了。」

「什麼？真的嗎？那可不可以再飛一次給我看看？」

「剛才失敗了，幸好妳沒看到。竹蜻蜓不知道飛到哪裡去，直直的飛走了，好像早就決定了目標的方向。我原本打算做一支回轉浮遊型的發條……它卻沒有飛回來。但是、但是，它飛的樣子真的很漂亮。」

蜻蜓的心情似乎不再消沉，再次帶著自信說道。

「真遺憾，我沒機會看到。它飛去哪裡了？」

「那裡。」

蜻蜓指著和大海相反的方向。他嘟著嘴，懊惱的看著那裡。

「對不起。」琪琪喃喃說道。

「我下次再做一個，絕對不能失敗。下次，希望可以和妳比賽一下，看誰飛得快。」

蜻蜓說完，已經恢復了平靜的心情。

那天晚上，琪琪坐在椅子上，感受著從窗外吹來的

風，自言自語的說：「蜻蜓為什麼沒等我……」

吉吉的耳朵動了一下。

「是妳自己忘記了。我問了妳好幾次『沒問題嗎？』。」

「啊喲，你記得呀？」

「對啊，所以，我才問了妳好幾次。但後來聽到卡拉小姐那麼動聽的歌聲，我也忘了。」

「好失望……」

琪琪的心情沮喪到了谷底。

4 魔女的標誌

最近四、五天，琪琪每天都很早起床，忙著拔除藥草田裡的雜草。

「這些雜草真是春風吹又生啊。」

琪琪看著拔除的雜草，像一座小山那麼高，無奈的說。

「因為藥草很香，所以，雜草也都擠來這裡。真辛苦，好像永遠都拔不完。」

吉吉用小小的前爪抓著泥土，不停的吹去不小心沾到嘴邊的泥土。

「不過……太不可思議了，拔草會讓人愈來愈投入。」

琪琪用手背擦去額頭上的汗水，用左手拔著草。

「琪琪，妳看、妳看，有一個奇怪的女孩子走過來了。」突然響起索娜太太的聲音。「琪琪，妳看，就在那裡。」

琪琪站了起來，看著索娜太太臉朝著的方向，發現沿著這條路走過來的，正是上次和高嘉美·卡拉小姐分手後，在杉木林道附近遇到的那個名叫蔻蔻的女孩。她身上背著一個幾乎快壓得她身體向後仰的大背包，戴了一頂外形奇特的帽子，好像長了兩隻角。身上穿了一件和這身裝扮很不搭的黑色長裙。

「咦？她之前不是來店裡買過麵包？」索娜太太叫了起來。

「是呀。」蔻蔻故作親熱的向一直盯著她看的兩個人揮了揮手，又親切的嫣然一笑，「今天

開始，就麻煩妳們多多關照了。」

「什麼多多關照？妳到底在說什麼？」

索娜太太詫異的看著琪琪的臉。

「我也不知道。」

琪琪滿臉錯愕，輕輕搖著頭。蔻蔻輕輕放下肩上的背包，面帶微笑說：「我還是決定住在這裡。」

「住在這裡？這裡是哪裡？」

索娜太太和琪琪同時驚叫起來。

「這裡就是這裡啊，那還用問嗎？當然就是妳家。」

蔻蔻嘟著嘴，用下巴指著琪琪。

「誰決定的？」索娜太太問。

「我啊，當然是我決定的。妳不需要這麼害怕，我不會獅子大開口的，我只要住裡面的儲藏室就好。」

「咦？這孩子，怎麼連別人家裡的情況都一清二楚？」索娜太太驚叫。

「不行嗎?我對自己的事很認真，如果想知道，就會去調查。怎麼樣?妳不願意嗎?」

「因為，妳突然……」

琪琪努力保持鎮定，兩手用力握著裙角。

「對啊，怎麼可以說住就住，事情哪有這麼簡單?」

索娜太太也露出緊張的表情。

「之前，妳不是輕易接受了琪琪嗎?為什麼我不行?為什麼?為什麼?」

「這是因為，琪琪……是魔女……」索娜太太說到一半，仔細打量著蔻蔻，問：

「難道，妳也是魔女嗎?」

「哼哼，如果不是魔女就不行嗎?因為魔女可以幫很多忙，所以妳才同意她留下來。喔，原來是這麼回事……」

「妳在說什麼!」

索娜太太氣得渾身發抖，向前跨了一步。

「唉喲喲喲，好了、好了，別生氣、別生氣。沒錯，我的確是魔女，是新鮮出爐的魔女。」

蔻蔻突然改變聲調，瞪大眼睛，斜著身體，露出可愛的表情。頓時變成一個聰明、早熟的小女孩，彷彿變了一個人。

「那妳的掃帚呢？」

索娜太太看著蔻蔻的手。

「我才沒有那種東西。況且，掃帚並不是魔女的唯一標誌。」

蔻蔻的臉上又恢復了剛才自大的表情。

「那妳有什麼魔女的標誌？」索娜太太追問。

「非要有標誌不可嗎？非要有看得到的標誌嗎？」蔻蔻不甘示弱的頂嘴。

這時，琪琪的心頭一顫。她想起自己以前也曾經遭遇過相同的情況，也說過相同的話。很多次，她都想告訴別人魔女的標誌……並非只有掃帚而已……可惜無法讓人看到自己的內心。

「妳想來這座城市修行嗎？妳打算住在這裡嗎？

即使已經有我了，妳也要住在這裡嗎？」

琪琪打量著蔻蔻。

「妳在就不行嗎？或許，在這座城市裡，有些人比較喜歡我。」

蔻蔻吐了吐舌頭。

「但我聽說，一座城市只能住一個魔女。」

「年紀大的魔女總是這麼說，古早以前的規定，應該改一改了。」

蔻蔻嬉笑起來，好像在說琪琪就是年紀大的魔女，而自己是剛剛新鮮出爐的魔女，充滿自信，毫不讓步。

「改一改？怎麼改？」

琪琪喃喃的問。突然想起，之前在電臺也是憑自己的感覺，稍微做了調整。

「妳住在哪裡？」索娜太太問。

「在某個地方，我當然有自己的家。」

「很遠嗎？」

「非說不可嗎？有自己的家，有好爸爸和好媽媽，才算是規規矩矩的好孩子，對吧？我可是更好的孩子喲。算了，我不再求妳們了。」

蔻蔻氣鼓鼓的抓起背包，轉身就走。琪琪不知所措的看著索娜太太，索娜太太也哭喪著臉，好像自己做錯了事。

「等一下。」琪琪不由自主的探出身體，「要不要進屋喝杯茶？索娜太太，可以嗎？」

「呃，好啊……」

聽到她們兩個人的對話，蔻蔻立刻轉身，歡呼起來：「太好了。不要只請我喝杯茶而已，別那麼小氣嘛。我就在這裡住下了。」

「真拿妳沒辦法。」索娜太太仍然張大了嘴，慌忙補充說：「但只能住一天喔。」

「再多一點。」

蔻蔻揚起嘴角笑著，閉起了單側的眼睛。

「真是輸給妳的厚臉皮！琪琪，把裡面的儲藏室稍微整理一下，在地上鋪些東西，應該可以睡人吧。反正，她也不會住很久。」

索娜太太攤開雙手表示投降。

「不用、不用，只要有地方睡就好。我自己有睡袋。之前，我都睡在學校的教室裡，那裡好冷，真受不了。」

蔻蔻一副早就準備好了的態度，拖著背包走進屋裡。

「夠了、夠了，我要趕快去告訴諾諾的爸爸。」

索娜太太急忙回家去了。

琪琪心不甘情不願的慢慢整理儲藏室，令人意外的是，蔻蔻手腳俐落的在一旁幫忙。她把原來的東西都堆放在角落，擦了地板，騰出可以供一個人睡覺的地方，然後立刻坐到正中央。

「這裡很不錯嘛。我果然很有眼光。」她自鳴得意的說，把背包拉到身旁，拆下綁在背包上的黑色睡袋。睡袋的內側竟然是亮麗的紅色玫瑰圖案，立刻吸引了琪琪的目光。

「啊，好漂亮。」

琪琪情不自禁的驚嘆道。

「對啊，我向來按自己的喜好生活。」

吉吉悄悄走了過去，用鼻子打開睡袋口，正準備鑽進去。

「吉吉，不可以，這是客人的東西。」

琪琪慌忙抓住吉吉的尾巴。

「有什麼關係嘛。吉吉也是按自己的喜好生活。哈哈哈。」蔻蔻笑著說道。

吉吉可能聽到了兩個人的對話，雖然眼角掃到了琪琪一臉驚訝的表情，卻沒有止步，一下子就鑽進了睡袋。

蔻蔻拿出背包裡的東西，一一放在地上。黑色毛衣、黑色上衣、黑色手套、黑色圍巾，大、中、小三只鼓鼓的黑色布袋，還有鮮紅的襯衫和鮮紅的筆記本。最後，她拿出一個布料會發亮的黑色小布袋。小布袋用繩子綁得很緊，繩子的兩端各有一顆紅色的玻璃珠。在光線的照射下，發出微微的光。

「這是什麼？」琪琪問。

「這是玉匣*，哈，騙妳的，這是玉袋。」

---

* 日本神話故事《浦島太郎》中，龍宮的公主送給浦島太郎的法寶。浦島太郎違反誓約，打開了玉匣，立刻變成一個白髮蒼蒼的老爺爺。

蔻蔻握著玻璃珠，在空中甩了一圈。

鈴鈴鈴鈴、鈴鈴鈴鈴。

電話響了。

「啊，可能是宅急便的工作。」

琪琪跳了起來，回到自己的房間，拿起話筒。然而，她的兩眼卻盯著蔻蔻，一刻也沒有離開。

「喂……」是一個男人的聲音。「請問……妳那裡是……銀杏街嗎？」

男人似乎帶著顧慮，帶著猶豫。琪琪踮著腳，看著蔻蔻。

「不，這裡是……」她的話才說到一半，電話就掛了。

「妳的工作好像很忙。」

蔻蔻抬起頭，說話的樣子好像大人。

「是啊。但剛才是打錯電話了。」

琪琪撇了撇嘴，露出從容的表情。

當天傍晚，當琪琪從外面回家，一打開門，發現一張夾在門縫裡的對摺紙條掉了下來，滑落在地上。

琪琪撿起來一看，便條紙上簡單寫了幾行字。

致魔女小姐：

有一事相託。明天下午一點十五分，麻煩妳親赴常春藤街二十二號的『古老屋』。

敬請務必遵守時間。

「好奇怪的用語，『有一事相託』，感覺好像古人寫的信。到底是什麼事？」琪琪喃喃自語著。

咚咚、咚。

琪琪小心翼翼的輕敲眼前的木門。

她豎起耳朵聽了一下，又敲了敲門。沒人回應。屋裡靜悄悄的，完全沒有動靜。琪琪抬頭確認掛在門上的看板。看板很舊，再加上光線剛好被隔壁的房子擋住，根本看不清楚上面刻的字。琪琪伸長脖子，瞪大眼睛仔細看，終於找到上面刻著「古老屋」幾個字。

「是這裡沒錯啊。」琪琪從口袋裡拿出昨天夾在門縫裡的那張紙，重新確認一次。然後，再次踮著腳，看著門旁已經模糊不清的門牌，獨自嘀咕道：「嗯，沒有錯，時間也很準時……怎麼會沒人回應？」

「這個地方很奇怪，好可怕。」

吉吉在琪琪腳邊小聲的說。

這條常春藤街上，有許多克里克城建城時期留下的建築物。以前，這裡有許多專賣精品的商店，十分熱鬧，但隨著克里克城建造了許多寬敞的新馬路後，人潮都被那裡吸引走了，這裡就愈來愈沒落冷清。如今，反而因為這裡有許多古老年代的房子，聚集了不少專賣古董的商店。琪琪也曾經來過幾次，但每次經過時，每家商店都大門深鎖，店裡靜悄悄的，完全不知道到底有沒有在做生意。即使偶爾看到店家開門營業，也很少有客人的身影。

以前，蜻蜓曾經告訴琪琪：「那條街上的商店，一天只營業兩個小時。即使開著門，走進商店裡，卻看到裡面放了『老闆在大馬路上的咖啡館喝咖啡』的字條。去了咖啡店，老闆還會很不耐煩的問：『你真的想買東西嗎？』他們好像不喜歡做生意，所以，現在很少有人去那裡了。但是，去那條路上逛逛，看看櫥窗很有趣，有很多奇奇怪怪的東西。由於那裡賣的東西不會很貴，因此，大家都把那些商店稱為尋寶店。」

琪琪又敲了敲門。這一次，門微微動了一下，打開一條縫。吉吉嚇得渾身發抖，把尾巴纏繞在琪琪的腿上。琪琪輕輕推開門，探頭向裡面張望，一股霉味立刻撲鼻而來。琪琪戰戰兢兢的走了進去。

「午安，我是接到通知的魔女宅急便。」

琪琪原本打算大聲說話，聲音卻卡在喉嚨裡，幾乎聽不到。

當眼睛適應室內的昏暗後，她發現商店內，沿著牆壁的書架上，放滿了書、唱片和擺設等古董，但空間似乎仍然不夠用，地上也都堆滿了五花八門的東西。琪琪愣在門口，覺得自己彷彿走進一個奇妙的世界。屋裡空無一人，空氣微微搖晃著，好像每樣東西都在輕聲嘆息。

「啊啾，空氣裡都是灰塵。」

吉吉用前爪捂著鼻子。牆上沒有看到「老闆在大馬路上的咖啡館喝咖啡」的字條。這時，琪琪看到正面一張厚實木材的桌子上，放著一本黑色皮革封面的舊書，上面放了一張紙，好像寫了一些字。琪琪拿起字條，放在光線明亮的地方。字跡和昨天那張字條很像。上面寫道：

致魔女小姐：

希望妳代我保管這本書一段時間。

雖然我了解這樣的舉動很古怪，

還請妳多包涵。不久之後，我就會和妳聯絡。

老闆

琪琪大聲讀完字條，回頭看著吉吉。

「他的意思是，要放在我那裡吧？」

「應該吧。但這個人到底是誰？」

「這家店的老闆啊。」

「是嗎……好奇怪。說話方式好像幽靈……」

「吉吉，別嚇我。我們趕快回家吧。」

「啊、啊、啊啾。」

吉吉抖著全身，打了一個噴嚏。

琪琪畏縮不前，猶豫了一下，最後還是拿起了那本書。書比想像中更加沉重。黑色封面上有好幾個黴斑，琪琪正想打開，發現因為溼氣的關係，紙都黏在一起了，根本打不開。

「這也叫……書嗎？寄放在我這裡……好可怕。太古怪了……但是，既然老闆這麼要求……」

琪琪膽戰心驚的抱著書，快步離開了。

5 汙漬斑斑的書

「那封信上雖然寫著，不久之後就會和我聯絡，但是，不久之後到底是什麼時候？」

琪琪自言自語的說著，斜眼看著放在窗邊桌上那本「古老屋」老闆寄放的書。每次看到髒髒的封面，就不由自主的思考這個問題。至今已經過了七天，琪琪覺得好像被迫收下了莫名其妙的煩惱。

儲藏室的方向傳來聲音，門被大聲的打開，蔻蔻走了出來。琪琪這才想起家裡有人寄宿。

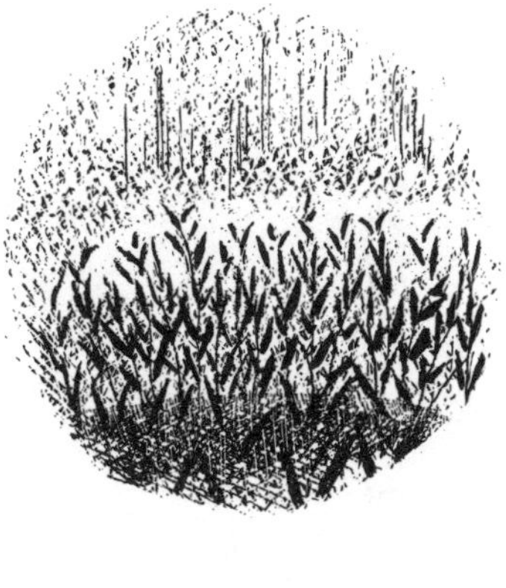

「早！」

蔻蔻向琪琪揮揮手，很有精神的打了招呼。兩個用紅色緞帶綁著的髮辮比平常更高、更尖。她身上斜背了一個紅色小包包，腳蹬一雙紅色的鞋子。

「咦？妳在家嗎？好久不見了。」琪琪回答的同時，不禁看著她出了神。**我也好想像她一樣，破壞規矩，好好打扮自己。但不知道可琪莉夫人會怎麼說……**

這時，琪琪突然驚慌的移動身體，遮住桌上的書本。

「嗯，我常常出門。我正在用功讀書。」

蔻蔻裝模作樣的眨著眼睛。

「讀書？」

「對啊。我正在慢慢開始學，不然，就會愈來愈笨了。」

蔻蔻自大的撇著嘴，故意哈哈大笑起來。

「妳在讀什麼書？」

「妳問這個幹麼？琪琪，妳對別人的事很好奇喔……」她愛理不理的回答，走向大門，突然轉過頭對琪琪說：「對了、對了，昨天，我在街上看到一塊奇怪的看板。

門上竟然寫著『飛行俱樂部』，聽說可以自由參加。」

琪琪不由得倒抽了一口氣。坐在椅子上的吉吉也豎起了耳朵。

「咦？琪琪，妳也知道嗎？」

「那當然，我來這裡很久了。」

「雖然和妳沒關係，但聽說那是一群想飛的人組成的俱樂部。明明知道自己根本不可能飛起來……他們到底想幹麼？這些人真、可、憐。」

「他們研究得很高興，有什麼關係。」

「妳說話的語氣，好像學校的老師。對了，女生也可以參加那個俱樂部嗎？」

「咦？蔻蔻，妳打算參加嗎？」

「對，我喜歡做這種無聊的事。而且，我也想交朋友……」蔻蔻逗著大驚失色的

琪琪，「啊，對了，」她探頭看著琪琪的身後說道：「這本書很有趣。」

「啊？妳看了嗎？」

「我偷看了一下。不好意思。」

「但書頁都黏在一起，打不開吧？」

「可以打開啊。真的很有趣，琪琪，妳也看看吧。」

琪琪怒目相向，露出生氣的表情。

「這是客人寄放在我這裡的，妳不要亂動。」

「好、好，所以我剛才不是向妳道歉了嗎？這麼說，妳還沒有看過囉？這麼好看的書，妳真的不打算讀一讀嗎……啊，對了、對了，我沒時間在這裡閒聊了。我等一下有事，我要出去了。」蔻蔻說完，大聲驚叫著：「慘了、慘了，要遲到了。」便衝了出去。

琪琪緊咬著嘴脣，看著她遠去的背影。

「妳真的不打算讀一讀嗎？」

吉吉跳到桌上。

「讀什麼？」

「那本書啊。」

「我不看。我說了不看就不會看。」琪琪彎著身體，對著吉吉的鼻尖說道。吉吉抖了抖身體，把頭轉到一旁。

外面傳來啪答啪答的聲音。下雨了。剛才天氣還很晴朗，現在天空則布滿了烏雲。窗外，差不多長到二十公分的藥草，被雨水打得渾身發抖。

「蔻蔻會被雨淋溼。」吉吉喃喃說道。

「你在擔心嗎？」琪琪驚訝的看著吉吉。「如果你擔心，就幫她送傘啊。」

「怎麼可能？太遠了。」

「吉吉，你知道蔻蔻去哪裡嗎？」琪琪厲聲問道。

鈴鈴鈴鈴、鈴鈴鈴鈴。

電話響了，打斷了緊張的氣氛。

「喂，請問是魔女小姐嗎？外面正在下雨，真不好意思，我想拜託妳一件事，可不可以幫我送一樣東西……」

「好。」

琪琪瞥了一眼古老屋的書，點頭說道。

「我家住在柏樹街十六號。不好意思，可不可以請妳馬上過來？」

「好。」

琪琪點頭，伸手拿起掛在一旁的雨衣。

「對不起，外面在下雨，我在家裡等妳好了。」

吉吉帶著一臉歉意說。吉吉的確有點不太對勁……琪琪在心裡想道，但還是打開門，獨自走了出去。

柏樹街上，柏樹的枝葉茂盛，綠色樹葉形成的籬笆好像一道牆。在籬笆牆內，可以看到幾幢老舊房子的三角形屋頂。琪琪輕輕敲了敲其中十六號那幢房子的門，聽到裡面傳來沉重的腳步聲，一位拄著拐杖的老奶奶出現在門口。

「不好意思，我想請妳送的東西很小。剛才，我先生去美術館了。妳知道美術館嗎？就在圖書館隔壁。他忘了帶東西，等他發現，一定會冒著雨回來拿。如果他跑回來，我怕他會跌倒……」

「沒問題，我可以幫忙。請問，您先生叫什麼名字？」

「他叫亞拉亞。他戴了一副深綠色框架的眼鏡，妳可以很容易找到他。」

老奶奶說，拿出一副紅色框架的眼鏡，遞給琪琪。

咦？怎麼又有一副眼鏡？琪琪心想。

老奶奶可能察覺到了琪琪的想法，說：

「這是我的眼鏡，我先生經常帶著我的眼鏡去美術館。」

咦？琪琪看著老奶奶的臉，剛好看到老奶奶那雙被埋沒在一堆皺紋中的眼睛。

老奶奶可能發現了琪琪的納悶，便說道：「妳別擔心，即使這樣，亞拉亞也帶我看了很多東西。」

老奶奶呵呵笑了起來。

「是、是嗎？我了解。一定幫您送到。」

琪琪還是沒搞清楚怎麼回事。她接過眼鏡，輕輕放進斜背在身上的包包裡。

美術館售票口前，一位老爺爺正站在那裡不停的翻著每個口袋，好像在找什麼東西。他戴了一副綠框架的眼鏡。

「請問，您是亞拉亞先生嗎？」琪琪跑過去問。

「對，我就是。我好像忘了帶東西。」

亞拉亞先生瞥了琪琪一眼，又開始低頭翻口袋。

「這個給您。」

琪琪遞上了老奶奶的眼睛。亞拉亞先生驚訝的問：「喔、喔，妳怎麼知道是我？而且，妳為什麼知道我忘了帶眼鏡？」

「是您夫人託我送來的。」

琪琪看著老爺爺的眼睛說。

「美滋美託妳的？喔，原來是這樣。太好了，真是幫了大忙。」老爺爺說著，把老奶奶的紅色眼鏡架在自己的眼鏡上面。「我們經常這樣一起參觀。這個展覽很不錯，妳想不想一起參觀一下？」

「會不會太打擾您？」琪琪遲疑的問道。

「怎麼可能？歡迎歡迎，那我們就三個人一起參觀吧。」

老爺爺說著，從口袋裡拿出錢來，向售票員說：「三張。」售票員接過錢，納悶的看著他。老爺爺說：「沒錯啦，還有一個人也要參觀。」說著，輕輕拍了拍額頭上的紅色眼鏡。

「好……展覽室在二樓。」

售票員指了指二樓，滿臉困惑的表情。

亞拉亞先生和琪琪仔細欣賞著每一幅畫。老爺爺經過畫的前面時，不時輕聲的說：「這幅很棒。」或是：「這位畫家很開朗呢。」當他來到某一幅畫的前面，停下了腳步。「我太太最喜歡這幅畫。看得到嗎？有沒有好好欣賞？」

畫中有一棵枝幹向四方伸展的大樹，一個女人站在樹前，高舉雙手，好像在對樹說話。老爺爺不停的撫摸著紅色眼鏡，左右移動。琪琪偷偷瞄了兩副眼鏡。老爺爺的眼鏡上，清楚的反射了那幅畫。紅色的眼鏡也反射著……但是，畫卻愈來愈小，好像跑去了某個地方。

原來去了老奶奶那裡……琪琪心想。

參觀結束後，亞拉亞先生走下樓梯，走到一半，突然停了下來。

「我想送妳謝禮，但不知道送什麼才好。」

「平時，我只接受一些小東西……但是，今天我已經收過禮了。您幫我買了門票，我覺得收到了很棒的禮物。人的心情真是太不可思議了。」

琪琪向老爺爺鞠了躬。這時，她從樓梯旁的窗戶看到隔壁的圖書館。琪琪的身體頓時緊繃起來。因為，她看到蔻蔻正坐在圖書館斜下方的窗戶旁認真看書，旁邊還放了厚厚一疊書。

「那是圖書館，妳不知道嗎？」站在一旁的亞拉亞先生說。

「我知道，原來，可以在圖書館讀書。」

琪琪覺得坐立難安，忍不住一次又一次的瞥著蔻蔻。這時，她看到一雙穿著長褲的腿，慢慢走到蔻蔻的桌旁停了下來。蔻蔻抬起頭，開心的笑著，比手畫腳的和那個人說著話。由於被牆壁擋住了，琪琪看不清楚那個人的臉。

那雙細腿……和某個人……很像。

琪琪感覺到自己的臉紅了。

當琪琪回過神時，發現亞拉亞先生已經在樓梯下等她。琪琪急忙跑了下去，再度看了一眼窗口，但樓梯旁的窗戶已經變成了牆壁，上面只貼了一張鑄鐵雕刻的海報。

琪琪和亞拉亞先生分手後，穿上雨衣，戴好雨帽，拖著掃帚走在雨中。淅瀝淅瀝的雨聲令她的心情更加不安。

回到家裡，一打開門，吉吉便跑了過來。

「妳都淋溼了，還好嗎？」

琪琪沒有回答，撥開身上的雨水，把掃帚掛在牆上，脫下溼透的雨衣，攤在椅子上。然後，竟然就這麼坐在溼溼的雨衣上。她彎著身體，茫然的看著空中，心早就不知道飛到哪裡去了。坐了一會兒，琪琪突然直起身子，看著放在窗邊的書。對蔻蔻的不安心情，和這本奇怪的書重疊在一起。

「我也來看看吧。反正，她已經看過了。」

琪琪站了起來。

「妳要看那本書嗎？」吉吉立刻問道。

「對，反正老闆也沒有說我不能看……」

琪琪似乎心意已定，說完這句話，便快步走到書旁，拿在手上仔細端詳。原本以為只是一本古書，但現在似乎覺得不只是書，裡面好像藏著刀刃。琪琪抓著裙角，用力擦去封面上的汙斑，封面上的文字隱約浮現出來。

她湊到眼前，用手指撫摸著……終於看到「終點之門」這幾個字。「門」字的最後一筆拉得很長，繞了封面一周，和「終」字連在一起，形成一道門的形狀。「終點之門」這幾個字剛好位在門把的位置。

琪琪試圖翻開書，還是打不開。蔻蔻是怎麼看這本書的？這本書明明放在通風的位置，結果非但沒有乾，反而比之前黏得更緊了。

琪琪仍然不氣餒的移動手指，突然間，書發出「啪啦」的聲音，自動翻開了兩頁，嚇了琪琪一大跳。書頁的表面滿是咖啡色的汙漬，一股重重的霉味，讓琪琪的喉嚨覺得癢癢的。

書頁上浮現出外形很古老的文字，有些地方有汙漬，有的被蟲咬出了洞，無法連貫讀出所有的字。琪琪重複看了好幾次，想像著看不出來的地方，終於慢慢了解其中的意思。上面似乎這樣寫著：

「咦，妳終於來了。」灰髮老婆婆說：「我等妳很久了。來，進來吧。」

整整一頁的字，只看得懂這句。

「咦，我沒有什麼特別的事，只是碰巧翻到這一頁。」琪琪情不自禁的回答了老婆婆，彷彿對著書自我辯解著，突然心生害怕的往身後張望。然而，她無法克制自己的好奇心，想繼續看下去。琪琪再度看著書。

肉眼所見的事物，充滿了不可思議。

隔了好一大段，終於看得懂這一行字。琪琪東摸西摸，試圖翻開別頁，看看其他內容，但每一頁都黏得很緊，即使鬆動一下，似乎快打開了，卻怎麼也翻不開。

「哈哈哈哈，妳果然看了。」

背後突然響起一個聲音。琪琪跳了起來，回頭一看，發現蔻蔻笑嘻嘻的站在那裡。

「妳別嚇我好不好。」琪琪說。

「這本書很有趣，對吧？」

蔻蔻伸手摸了琪琪手上書本的書角說道。

「可是，這本書根本打不開，所以，我也不知道到底有不有趣。」

「少裝了。有些地方可以翻開吧？真的很有趣。」

「蔻蔻，妳知道這書本在寫什麼嗎？」

「不知道，但多少看得懂一點吧。」

「妳是怎麼理解的？」

「書上的『妳』，應該是一個女孩子。雖然想做點事，但因為不順利，所以整天都很生氣。不是經常

有這種人嗎？不光是現在有，以前也有吧。」

蔻蔻說話的語氣很惹人厭。

「那老婆婆呢？」

「妳看，我就知道妳有看嘛。她只是個老愛管閒事的人。」

蔻蔻說完，抬起肩膀，然後用力甩了甩身上的大包包，大聲走進她位在儲藏室的房間。

「妳說妳在讀書，到底是在讀什麼？」

琪琪對著蔻蔻的背後大叫。蔻蔻停了下來，轉過頭，露出很快樂的笑容。

「我只是想說說讀書這兩個字而已，感覺很帥氣。況且，只要我這麼說，大家都會放心。琪琪，妳也是這種人嗎？」

蔻蔻再度露出笑容，然後關上了儲藏室的門。琪琪看著眼前的門，覺得有塊大石頭壓在心裡。她回想起書裡那句簡短的話。

肉眼所見的事物，充滿了不可思議。

這句話到底是什麼意思?雖然和琪琪今天看到的事沒有關係,但琪琪就是忍不住聯想在一起。

那幅畫在紅色眼鏡的鏡片上逐漸變小、變遠;還有隔著窗戶,看到令她不安的兩個人的身影。這是琪琪今天所看到的。這時,她突然想到吉吉說過「橫刀奪愛」這個字眼,不禁心頭一驚。

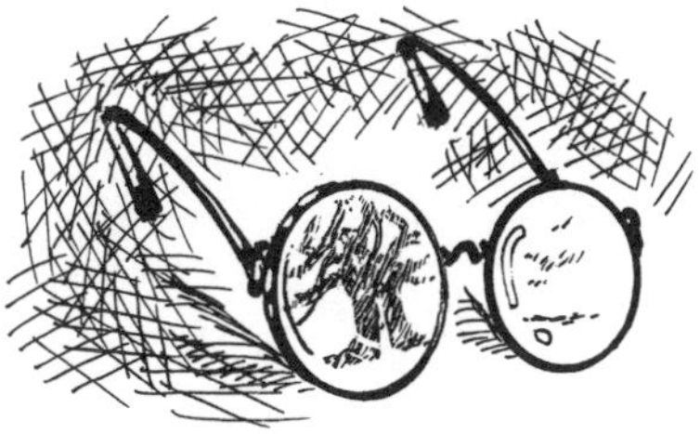

6 吉吉離家出走

第二天，琪琪和吉吉抱著那本名叫《終點之門》的書，來到常春藤街的「古老屋」。她咚、咚、咚的敲了門，推開門一看，發現眼前的柱子上用圖釘釘了一張字條。

古老屋的老闆在大馬路上的咖啡館喝咖啡。有事者，請去咖啡館。

琪琪環視四周，看到昏暗的巷道前方一片明亮，立刻往那個方向走去。在轉角對面，發現一家把桌椅放在人行道上的小型咖啡館。有個彎腰駝背的大叔坐在其中的一張桌旁。他的臉貼著桌面，右手拿著筆，左手緊握著桌上一個裝著金色液體的酒杯，正忙著寫些什麼。

「請問，您是那條路上『古老屋』的老闆嗎？」

琪琪走了過去，誠惶誠恐的問道。

「啊——？」

大叔發出一聲宛如嘆息般的聲音。

「這本書怎麼辦？已經寄放在我這裡八天了……您一直沒和我聯絡……」

「古老屋」老闆抬頭瞥了琪琪一眼，又低頭寫了起來，沒有回答琪琪的話。他不可能沒聽到。琪琪頓時不知如何是好，只能傻傻的站在那裡。時間一分一秒的過去了。

「呃，請問……」

琪琪終於鼓起勇氣開了口。

「這本書怎麼了？」

「古老屋」老闆一邊繼續寫字，一邊吼道。

「您寄放在我那裡的……我是魔女宅急便。」

「寄放？誰寄放在妳那裡的？」

「那家……『古老屋』的老闆……」

「我？我不知道這件事。」

「什麼？但是，您夾了一封信在我家大門的門縫，叫我去您的店裡。我去了以後，看到桌上放了這本書，旁邊又有一封信，說希望寄放在我那裡……之後一直沒有接到您的聯絡。」

「我可不知道。」

「但是……但是……」

琪琪手足無措的看著「古老屋」老闆的表情。

「不知道就是不知道，我以前從來沒有和妳說過話，也沒有親手交給妳。是不是有人和妳開玩笑？」

這時，「古老屋」老闆第一次抬起頭，認真的看著琪琪。

「但是……明明就放在店裡。」

「妳幫人送東西，的確為大家帶來很多方便，但怎麼可以沒有親眼見到對方就收下呢？妳說自己是魔女，難道沒有判斷的魔法嗎？這不就和一般人沒什麼兩樣嗎？接受別人託付的東西，可沒有這麼輕鬆。」

「古老屋」的老闆說完，又低頭繼續寫東西。

怎麼辦……琪琪低頭看著自己的腳。他說的話完全正確。

琪琪想了一下，轉身輕輕的離開了。吉吉也躡手躡腳跟在她的身後。

「算了，妳就留著這本書吧。反正又不是妳的錯。那個老頭以為他是誰啊，太自以為是了。」吉吉說道。

「不，是我不好。我太魯莽了。」

琪琪無力的回答。但到底是誰把那張字條夾在門上？由於對方沒有打電話，所以也不知道那個人的聲音，甚至不知道是男人還是女人。琪琪回想起信上的字。

我看到那些字時，完全沒有任何感覺。既沒有覺得奇怪，也沒有感到可疑……

我真是一個遲鈍的魔女。

這時，琪琪像是突然想到什麼，停下了腳步，嘴裡說著「不會吧」，甩了甩頭，又開始走了起來。

琪琪打開窗戶，藥草的味道頓時撲鼻而來。

「哇噢，好香……」

琪琪不禁精神抖擻的叫了起來。在自己情緒低落的這段期間，藥草健康的成長著。深綠色的葉子挺著身體，迎接著朝陽。

琪琪走了出去，將臉埋在藥草堆裡。青澀中帶有一點甜甜的芳香滲入她的胸膛，沉入了腹底。琪琪轉過頭，對正在家裡的吉吉說：「好久沒有飛行了，要不要出去飛一下？」

「去哪裡？」

吉吉從門口探出頭問道。

「哪裡都好，我想好好飛一下。飛、著、玩、的。」

「嗯，好啊、好啊。偶爾也要盡情飛一下。」

琪琪走回家裡，拿了掃帚，便衝了出去。

「走囉！」

琪琪大叫一聲，吉吉跳上了她的背。琪琪向地面用力一蹬，飛了起來。一下子就飛得好快。

「哇噢，好刺激！」吉吉大叫。

「好，那就更刺激一點。」

琪琪傾斜身體，好像在空中畫畫般扭來扭去，帶動了周圍的風，琪琪的裙子也隨著風鼓了起來。吉吉的尾巴好像鯉魚旗上飄動的彩帶。

「哇噢、哇噢，好舒服。琪琪，妳看下面、

看下面。」吉吉緊抱著琪琪的腰。

「啊，那個人被嚇到了。他的兩隻手放開腳踏車，在向我們揮手。不行啦，這樣太危險了。」

吉吉興奮得拚命搖晃身體。琪琪也鬆開雙手，像小鳥般向兩側張開，慢慢降落。

「啊，心情好暢快。」琪琪放慢了速度，用力深呼吸後說道。

「琪琪，妳看，蔻蔻在那裡。」吉吉指著左側的街角。「蔻蔻在路上跑，妳去追她，向她炫耀一下。」

吉吉跳上了琪琪的肩膀。

「好主意，我們去嚇嚇她。」

琪琪好像倒立般朝著地面快速飛去。蔻蔻在人行道上快步跑著，背上的包包也跟著一跳一跳。

「啊！」

琪琪輕輕叫了一聲，但聲音很尖。因為她看到蔻蔻的前方，正是蜻蜓他們的「飛

行俱樂部」。琪琪伸長了腿，斜斜的改變了方向，差點跌倒。

「怎麼了?不去嚇她了嗎?」吉吉問。然後，很懊惱的嘀咕說：「妳們為什麼不能做好朋友?」

琪琪飛往相反的方向。轉頭看著斜後方。蔻蔻果然在敲「飛行俱樂部」的大門。窗前可以隱約看到穿著相同工作服的人的身影。

「蔻蔻去那種地方啊，她也想飛吧?她一定很羨慕妳。」

吉吉安慰琪琪說。

琪琪把一直抱在懷裡的書放回桌上，一言不發的躺上床，緊閉雙眼，瞪著天花板。

「明明還是個小孩子，到底在搞什麼嘛!」

琪琪嘟著嘴，氣鼓鼓的自言自語。吉吉驚訝的轉頭看著她。

「妳說誰?」

「沒說誰，說我自己啊。」

琪琪沒好氣的回答，翻了個身，面對著牆壁。

「好了，別再生氣了。我想吃點心……我要餅乾。」

吉吉跳上床，併攏前腿，站在琪琪身上。

「吉吉，下去啦，你到底要黏我黏到什麼時候？偶爾也讓我一個人靜一靜。真受不了。」

琪琪胡亂的移動著腿，踢開吉吉。吉吉被踢下床，抬頭看著琪琪。牠的眼睛瞪得圓圓的，難以相信剛才發生的事。

「怎麼回事？我不能在妳旁邊嗎？妳叫我滾出去嗎？這是什麼時候決定的？琪琪，妳最近常常亂發脾氣，我都很忍耐了。」

吉吉重重的吐了一口氣，挺直身體，瞪著琪琪。

「我可沒有拜託你忍耐，你愛怎麼做，就怎麼做好了。」琪琪轉頭對吉吉說。

「是嗎？可是有人拜託我，要我做她的貓咪喲。」

吉吉「呼」的吐了一口氣。

「誰？」

琪琪急忙坐了起來。

「妳管她是誰，反正和妳沒關係。」

「一定是她。」

「才不是呢！是別人。妳說的她是誰？」

吉吉說完，便衝了出去。

「吉吉。」琪琪大叫著，追到門口，吉吉已經不見了。

「有什麼好神氣的，反正牠馬上就會自己回來的。」琪琪低頭看著地上，用力關上門，發出巨大的「啪」的聲音。琪琪被聲音嚇得整個人都呆住了。

吉吉上氣不接下氣的跑在麵包店後方的圍牆上，牠從來沒有這麼急切的奔跑過。

她竟然用腳……踢我。用腳踢我……一切都結束了。我要離開她，去別的地方，去別的地方。

吉吉雖然沒有說出來，但在心裡大聲吶喊了好幾次。

「啊！」走到了圍牆盡頭，吉吉一時無法放慢速度，不小心掉了下去。「喔！」吉吉感到一陣劇痛，牠心想：啊，我摔死了。真的一切都結束了。

吉吉回過神時，發現身體搖晃著。咦？我還沒死嗎？吉吉在心裡想道。有一股怪味道，牠慢慢張開沉重的眼皮，發現旁邊有許多高麗菜，菜葉上還有兩條青蟲在蠕動。吉吉情不自禁的舉起右前爪。不知道為什麼，吉吉竟然躺在貨車的車斗上。

這時，「哐答」一聲，車子突然停了下來。吉吉的腦袋還一片空白，一個戴著草帽的大哥哥站在牠面前。

「咦，你是高麗菜生出來的嗎？」大哥哥笑著對牠說。

「唉喲，你的腳受傷了。」大哥哥把手伸進吉吉的肚

子下方，抱起了牠，走進家裡，然後用水幫吉吉洗了腳，拿了旁邊的布包紮起來。

「沒什麼大礙，不會有事的。」

但吉吉仍然傻傻的發著呆。

就這麼一直發呆下去好了。吉吉心想。再也不要想琪琪的事……

吉吉悄悄觀察了四周。

那是一間小房子，光是轉動一下眼珠子，就看完了整間房子。地上是泥土，房間的角落排了幾個木箱，上面放著一床被子，再上面還有一個小窗戶。入口的門敞開

著，所以房間裡很亮。吉吉躺著的泥土地上面鋪了乾草，旁邊有一塊大大的切菜板和亮亮的切菜刀。

大哥哥進進出出的，把貨車上的高麗菜搬進屋裡，不時瞥著吉吉。然後，從入口旁的水井裡汲了水，把高麗菜洗乾淨，一顆一顆的整齊排列著。

「你這隻貓很愛乾淨嘛。一身黑毛，沒有其他顏色，很少看到這麼亮的毛皮。」然後，把一顆高麗菜放在切菜板上，用切菜刀「喀嚓」切成了兩半。

啊！……

吉吉忍不住閉上了眼睛，突然覺得腳上一陣抽痛。或許，全身都在疼痛。

「你在害怕嗎？你以前的生活很優渥嗎？你在這裡裝模作樣也沒用。啊，對了，我叫諾拉奧。」自報姓名的大哥哥又切開了一顆高麗菜。「這是沒賣掉的，所以我要用來做泡菜，冬天的時候可以吃。撒點鹽，壓上重石頭，就會變得酸酸的，配肉一起吃，真是人間美味。不管是什麼肉，即使是奇奇怪怪的肉，我都會吃得一乾二淨。這是我的原則。」

諾拉奧說話時，仍然沒有停下手，又開始把高麗菜切得細細的。

吃得一乾二淨……也就是說，連很有光澤的毛皮也不放過……吉吉感到渾身無力，努力拖著身體想離開。吉吉抬起眼睛，四處觀察著，發現牆上掛了好幾幅小型的畫。

兔子、老鼠、松鼠、貓和魚，然後，還有大頭菜、洋蔥和高麗菜。

他剛才說，不管什麼肉，都會吃得一乾二淨……這些都是被他吃光光的東西嗎……

諾拉奧沒有看吉吉一眼，繼續切著高麗菜，放進一個大罈子，撒上鹽，壓上一塊大石頭，同時泥土地也隨之震動，身體跟著彈了起來。吉吉覺得身體輕飄飄的，好像墜入了深淵。

「好，來吃飯吧。」

遠處傳來諾拉奧的聲音。

吉吉突然醒了過來。自己到底睡了多久？四周一片漆黑，床的方向傳來諾拉奧均勻的呼吸聲，好像一座小鞦韆，一下子盪過來，一下子飄過去。吉吉試著站起來，才發現身上蓋了一件有諾拉奧味道的襯衫。不知道哪裡有風吹來，吉吉「啊啾」的打了一個噴嚏，突然難過起來，整張臉皺成一團。以前，這種時候，牠都會鑽進琪琪的被子，在琪琪的腳下翻一個身，把整個身體蜷縮成一團，睡在那裡。每當吉吉感到寒冷或是難過時，那裡就是吉吉的棲身之處。然而，這一切似乎已經變成了遙遠的過去。

門好像開了一條縫，吉吉移向門的方向。有一股青草的味道。吉吉走了出去。每當踩到地面，受傷的腳就感到陣陣疼痛。牠一步一步向前走。雖然牠不知道要去哪裡，但覺得必須離開。

戶外一片漆黑。天上沒有星星，也沒有月亮，連自己的身體都看不清楚。我好像融入黑夜了。不光是吉吉，就連草和樹木、遠處原本可以看到的山，都被吸入這片茫茫的黑夜中，什麼都看不到了。只聞得到草和樹木的味道。吉吉搖著尾巴，摸著自己的身體。幸好，身體還在。

對了……吉吉回想起很久很久以前，在克里克城偶爾參加貓的聚會時，曾經聽到一隻上了年紀的老婆婆貓說：「很久以前，有個地方，也有一隻像你一樣，渾身黑毛的貓。有一天晚上，牠出去散步時迷了路。那天晚上沒有星星也沒有月亮，漆黑得甚至看不到自己的身體，牠完全不知道自己該往哪裡走，感到十分害怕，擔心自己會從此消失。牠拚命想要尋找光線，最後挖下自己銀色的眼珠子，丟向空中。結果，牠的眼睛在天空中發亮，剩下的一隻眼睛終於看到了自己的身體，於是牠就順利的找到了回家的路。挖出自己的眼睛丟向空中需要很大的勇氣，想必牠當時感到極度害怕吧。」

吉吉輕輕撫摸著自己的眼睛。無論發生任何事，自己都不可能挖下眼睛丟向空中。夜愈來愈黑，吉吉只能蜷縮成一團。

「喂、喂。」

吉吉聽到有人叫牠，張開眼睛一看，周圍一片霧茫茫的。牠努力張開眼睛，眼皮卻自動闔上。

「你怎麼了？已經是早上了。」

牠又聽到了聲音，吉吉好不容易抬起沉重的頭。好像是諾拉奧的聲音。

「你別睡了、別偷懶了。雖然你聽不懂人話吧，昨天晚上我醒來時，發現你不見了。我以為你回家，也就不管你了。結果，當我在田裡澆水時，發現你竟然昏倒在這裡。然後，你整整昏睡了一天，總該肚子餓了吧？昨天晚上吃飯時，我拍你的臉頰，你也沒有醒。真是的，貓都這麼沒出息嗎？」

吉吉用力的「喵嗚、喵嗚」叫了起來。

「你的叫聲倒是很有模有樣。」

諾拉奧苦笑著。吉吉心想，如果諾拉奧能夠像琪琪一樣聽得懂牠的話，不知道該有多好。

這樣就可以告訴他，自己是魔女貓……在克里克城，也算是小有名氣的貓……太過分了，竟然說我沒出息。

「你站起來看看。」諾拉奧大聲的說。吉吉不滿的抬頭看著諾拉奧。「真是拿你沒辦法。」諾拉奧抓著吉吉的脖子，用另一隻手拍了拍牠的屁股。吉吉的身體忍不住往前衝。「你看吧，你可以做到。喂，貓咪，我要出門了，我會讓你好好補一補。」

諾拉奧拿起放在一旁的竹竿，便快步走了出去。無奈之下，吉吉只能忍著腳痛，跟著他走出去。平時還可以對琪琪說：「不要，我不想去。」但現在即使說了，也沒人聽得懂。

諾拉奧不斷的往前走。他撥開草叢，爬上岩石，跳過水窪，不斷前行。吉吉咬著牙，才能跟上他的腳步。牠告訴自己要爭氣，要表現得像一隻能幹的貓。

終於，諾拉奧來到河邊，他挖開泥土，抓起蚯蚓，掛在釣竿前方的釣鉤上，甩進河裡。然後，坐在一旁的石頭上，靜靜注視著水面，一句話也不說。吉吉也在旁邊一言不發。時間一分一秒的過去。

「打起精神來……就是這麼回事……呵呵呵。」諾拉奧對著河面自言自語的說。這時，突然轉頭看著吉吉。「你一定以為河裡什麼都沒有，其實水面下可熱鬧了。這麼一想，心情也會振奮起來。哇哈！上鉤了。」

諾拉奧用力一拉釣竿，前方有兩尾魚在跳動。

「好了，來好好享受一下吧。」

諾拉奧說著，從口袋裡拿出刀子，把一旁的樹枝削尖，插進魚的身體。啊，他要

吃得一乾二淨了。吉吉忍不住閉上眼睛，疼痛貫穿了牠的身體。諾拉奧從口袋裡拿出鹽罐，在魚身上撒了點鹽，搜集周圍的枯草和樹枝，點了火，把插了魚的樹枝豎在一旁。

「像這樣把剛才還活蹦亂跳的東西吃進肚子，總覺得有點罪惡感，但又覺得這是一種相互幫助的方式。我們一定也在用某種方式回報牠們吧。」

說著，諾拉奧閉了閉眼睛，又輕輕的張開了。

不久，傳來了陣陣香氣。

「烤好了。」諾拉奧把魚放在一大片大葉子上，擱在吉吉面前。「吃吧。不用客氣。你要長胖一點，鍛鍊一下肌肉。要大口大口的吃。」

吉吉戰戰兢兢的把臉湊了過去，嘆了一口氣。頓時想起諾拉奧剛才像琪琪那樣，說什麼「相互幫助」的那句話。

該不會給我吃了這個，就叫我也和他相互幫助吧？我一無所有……難道要我的耳朵或是尾巴……

「你在怕什麼？吃吧，整條魚都給你。」

諾拉奧一邊吃著魚，一邊說著。吉吉悄悄看了諾拉奧一眼。

「哼！」諾拉奧用鼻子哼了一聲，「你不是貓嗎？這個世上，哪有貓看到魚會害怕的？顧及你的名譽，我本來不打算說的，其實你不是高麗菜生的，也不是坐貨車來的，是從圍牆上掉下來的。天下哪有這種貓？而且，還鬧彆扭的整整睡了一天，那根本不是貓該做的事。你到底在想什麼？真受不了。看你的毛皮油油亮亮的……以前的日子應該過得很不錯吧？」

吉吉真的被激怒了。諾拉奧說得太過分了。還不是因為琪琪的態度使自己的心情大受打擊，覺得眼前一片漆黑。吉吉抬頭看著諾拉奧，「嗚」的叫了一聲。

「怎麼樣？什麼態度……難道你有煩惱嗎？……我可以猜到啦。不過，無論遇到任何事，都要好好照顧自己的心情。我也是基於這種想法，在這裡獨立生活。雖然我有時候也會覺得孤單得很想哭，沒資格對你說大話。」

儘管諾拉奧說個不停，但仍然仰頭看了天空片刻。他的眼神，似乎在尋找什麼。

吉吉頓時覺得一股暖流注入身體。至今為止，吉吉只是琪琪的貓。或許琪琪會說，才不是呢，至少吉吉總是這麼認為。所以，聽到有人問「做我的貓咪好不好？」

時，心中才會那麼忐忑不安。

雖然琪琪有時候會說「我的貓」，把我說成好像是她的財產，但這代表我們感情很好。吉吉心想，所以，當她踢我時，我才會那麼生氣。當時，我應該正大光明的和琪琪吵一架，說出自己的感受。

「你是不是有心愛的家人？我想，你還是回去吧，自己應該找得到路吧？」諾拉奧探頭望著吉吉。他皺著眉頭，調侃的笑著。「如果你沒辦法自己回去，我後天會回到那裡賣玉米，可以抱你回去。要不要投降？」

吉吉看著諾拉奧，直直的站了起來。

投降……我才不要。吉吉打算自己回去。或許會迷路，但牠想試一試。

「好啊，你真的要走嗎？嗯，我有點捨不得……但是，大家都很孤獨。要記得，水面下雖然看不到，但很熱鬧。加油囉。」

吉吉凝視著諾拉奧，在心裡向他道謝，並說再見。然後甩了甩尾巴，衝進草叢。

琪琪眨著眼睛，站在窗邊，看著遠處高大的房子在朝陽下漸漸明亮起來。接著打開門，走了出去，搬開堆在房子後方的舊木架張望著。昨天一整晚，她都這樣四處尋找吉吉，還騎著掃帚，慢慢的在天空飛行，在街上尋找吉吉的身影，卻始終找不到。吉吉從來沒有外出不歸過，雖然現在天氣暖和，但晚上的海風還是很冷。

琪琪再度回到窗邊，緊咬著嘴唇。

都是我不好，竟然用腳踢牠。我不該把氣出在吉吉頭上，不過，牠也不需要那麼生氣嘛，我們是從小一起長大的姊弟，我又沒有真的覺得吉吉很討厭。

琪琪突然恍然大悟的抬起頭，因為她想起吉吉曾經說過：「可是有人拜託我，要我做她的貓咪。」

牠可能真的去做別人的貓咪了……但是，怎麼可以……琪琪用力閉上眼睛。然後，喃喃自語的說：「吉吉，我好喜歡你。」說完之後，她覺得安心不少，於是又輕聲說了一次：「我好喜歡吉吉。」

「咦？妳怎麼這麼早起床？」

蔻蔻打開門，走了出來。琪琪嚇了一跳，回頭看著她。

「風一直灌進來，我就醒了。啊——」蔻蔻張開雙手，伸了一個懶腰。放下手時，突然問：「貓咪不在家嗎？」

「晚上沒有聽到地板咯吱咯吱響的聲音。反而覺得很不習慣。」

「牠好像出去了。」琪琪說。

「哈哈，原來是離家出走。」蔻蔻張大嘴巴笑著說：「別管牠就好了。」說完，就回房間去了。

一行熱熱的眼淚順著琪琪的臉頰滑落。

這天，琪琪幾乎一整天都坐在窗前度過。

之後蔻蔻沒再說什麼。她有事出門，不一會兒，又急急忙忙回家了。琪琪不再像平時那樣在意蔻蔻的一舉一動。傍晚時，電話鈴響了，琪琪也沒有聽到。

「琪琪，妳的電話，是客人打來的。好像是個小女孩。」

蔻蔻遞著電話，站在那裡。

「是嗎？」琪琪站了起來，接過電話，對蔻蔻說了聲：「不好意思。」

「請問是魔女姊姊嗎？我想麻煩妳一件事，請妳把我的小雲送來。」

電話裡傳來一個小女生的聲音。在她稚嫩的聲音中，可以感受到她的意志堅定。

「小雲是娃娃嗎？」琪琪問。

「不是，是枕頭。爸爸和媽媽去旅行了。所以，我住奶奶家，但忘記帶小雲來了。如果沒有小雲，我就睡不著。」

「好啊，妳家在哪裡？」

「妳知道點點噴泉嗎？噴泉前，有一幢水藍色門的房子就是我家。鑰匙就放在花盆底下。」

這時，換了另一個聲音說話。

「對不起，可不可以麻煩妳一下。我的膝蓋痛，沒辦法過去拿。昨天晚上，因為沒有枕頭，她一直哭鬧，我不知道怎麼辦才好。」

和我一樣……吉吉不在，我就睡不著……

「好，我這就送過去，請問府上哪裡？」

「絲柏籬路五號。不好意思，我家周圍長了很多草，應該很好找。」

「好，我知道了。」

琪琪拿起掃帚，打開門，立刻飛了起來。風穿過衣袖，琪琪覺得自己比剛才有精

神了。她很快的在花盆下找到鑰匙，走進家裡，在兒童床上尋找，一下子就找到了枕頭。枕頭的外形就像是一朵鬆鬆的雲，的確很符合小雲這個名字。

琪琪在絲柏籬路上找到了那幢長了很多草的房子，將枕頭交給女孩，女孩緊緊抱住枕頭。

「妳這麼喜歡這個枕頭？」

「對啊，我睡覺的時候，小雲會說故事給我聽。」

「是嗎？什麼故事？」

「很多啊。姊姊，妳要不要一起聽聽？」

「嗯，我很想聽……」

「那就進來吧。快點、快點。小雲喜歡動作快，不喜歡慢吞吞。」

「但是……」

琪琪惦記著吉吉，轉身準備離開，一旁的奶奶說：「如果妳不趕時間，可不可以請妳陪陪小空？」

「她叫小空嗎？原來是小空和小雲。」

琪琪高興起來。

「姊姊，快來、快來。」女孩走進家裡，把枕頭放在地毯上，說：「姊姊，妳也和我一起睡吧。」琪琪聽話的把頭靠在枕頭的角落，和小空一起躺了下來。

奶奶在一旁高興的點著頭，打著毛線。家裡頓時變得靜悄悄的。小空湊近琪琪的耳朵，小聲的說：「有沒有聽到？」

「……」

琪琪什麼都沒聽到，卻不好告訴小空，只好不發一語的點點頭。周圍又變得一片寧靜。

不一會兒，傳來小空均勻的呼吸聲。

我該回去了。如果吉吉回家沒有看到我……琪琪心想。天色不知不覺已經暗了下來。琪琪瞇著眼睛，看著漸漸變成灰色的天空。這時，腦海裡彷彿聽到有人說話的聲音，閉上的眼睛彷彿看到像枕頭一樣的雲在天上飛，鬆鬆的雲朵突然張開，好像一張嘴巴，笑著對琪琪說：「我很忙，我要走了。」

小雲用飄渺的聲音說話。

「去哪裡？」

「通常都是去睡不著的小孩子那裡。還有許多不想睡覺的孩子。」

「你會來找我嗎？我遇到了一些麻煩。昨晚都睡不著。」

「妳那裡？我通常不去大孩子那裡，因為很麻煩，他們常常懷疑我的存在。好吧，如果我有時間，會去看妳。」

小雲輕輕飄向開始閃著星光的天空。

琪琪也想跟著小雲一起飛上天，當她回過神時，發現自己伸著雙手，好像在追小雲。琪琪輕輕離開小空，向奶奶使了一個眼色，走了出去。

回到家裡，琪琪又坐在窗前。抬頭一看，星星滿天，完全沒有一朵雲。

小雲應該不會來了。琪琪的目光追隨著天上最亮的那顆星星，像平時那樣喃喃自語著：

預感會有好事發生。

預感會有好事發生。

這時，琪琪覺得肩膀頓時變輕鬆了。

就讓吉吉自己決定吧……吉吉一定沒問題的。不久，琪琪就靠在窗邊睡著了。

吉吉離開諾拉奧後，四處觀察，爬上了最高的山丘。牠揚起鼻子，拚命嗅著克里克城的味道，然後仔細觀察了太陽的位置。因為，牠想起當初和琪琪第一次來到克里克城時，琪琪說過的話：「南方，我想去南方。我曾經聽人家說，只要一直往南走，就可以看到大海。」

克里克城位在海邊，所以吉吉心想：去南方，往南走。那天是坐卡車來的，路途不會太遠，不可能需要走好幾天。

吉吉看著太陽，暗自思考著，努力回想起自從懂事之後，曾經看過無數次的太陽。當牠決定方向後，便邁開了步伐。即使走到大馬路上，牠也毫不猶豫，勇往直前；遇到蜿蜒的山路，也直直前進。當牠仰頭時，發現滿天都是璀璨的星星。牠想起琪琪經常仰望著星星說：「預感會有好事發生。」吉吉也喃喃說著：「預感會有好事發生。」當天空漸漸泛白時，吉吉用力張開了鼻孔。因為，牠聞到了大海的味道。吉吉跑了起來，終於看到了遠處坡道下的克里克城。吉吉沒有迷路，牠順利回到家了。吉吉邁開優雅的步伐，繼續邁向回家的路。

打開的窗戶外，天色漸漸亮了，琪琪也醒了。窗外一片清晨的淡藍色天空，琪琪眨了眨眼睛，站了起來，從窗戶探頭向外張望。因為，她似乎聽到了輕輕的腳步聲。吉吉正轉過街角，跑了過來。琪琪迫不及待的打開大門，衝了出去。但是，她突然停下腳步，用慣有的語氣說：「我就知道你會回來。」

然後，她抱起了吉吉。

「這是我的決定，我自己走回來的。看到我回來，妳高興嗎？」

吉吉說著，皺了皺鼻子。那正是琪琪所熟悉的吉吉。

「那當然。吉吉，你好像突然長大了，肌肉也變硬了。」

琪琪說，但她的聲音裡有難以察覺的微微顫抖。吉吉在琪琪的懷裡，靜靜的聞著琪琪的味道。

「早安。」

身後響起一個充滿朝氣的聲音。琪琪回頭一看，原來是蜻蜓。

「前輩，早安。」

蜻蜓的身後，跟著兩個飛行俱樂部的男生。

「別叫我前輩啦。這麼早來，有什麼事嗎？」

琪琪說，心裡有點得意。

蜜蜜也一起來了。她還是那麼漂亮，而且愈來愈像大人了，穿著一件水藍色針織衫配白色短裙，當琪琪看到她的腳下時，頓時瞪大了眼睛。一雙閃亮的白色涼鞋，只有在街上的鞋店才能找到這麼漂亮的鞋子。

蜜蜜是琪琪來到克里克城後不久結交的朋友。蜜蜜曾經寫了一首詩，請琪琪幫忙送給她暗戀的小艾，成為兩人確認心意的起點。最近，蜜蜜常常和飛行俱樂部的男孩子在一起，不知道她和小艾的關係有沒有進展？吉吉說，蜜蜜很羨慕可以自由自在飛上天空的琪琪。但是，真的是這樣嗎？琪琪反而很羨慕蜜蜜。蜜蜜可以很輕鬆的和每個人，尤其是男孩子做朋友，而且臉上總是帶著微笑。每次看到蜜蜜，就激起了琪琪心中的競爭意識。

「啊，不好意思。」蔻蔻手上拿著背包，從家裡走了出來。

「咦？吉吉，你回來了？你媽媽很擔心你喔。」蔻蔻看著琪琪，嘿嘿嘿嘿的笑了起來。

「媽媽？」琪琪皺著眉頭看著吉吉，說：「我才不是牠媽媽，我們是好朋友。」

蔻蔻用力哼了一聲，把頭轉到一旁。

「哇，蜜蜜，妳穿得真漂亮。已經一身夏天的打扮了。」

蔻蔻儼然一副蜜蜜的好朋友的口氣。

「謝謝妳每次都稱讚我。」

蜜蜜看了看蔻蔻，又看了看琪琪，露出笑容。蔻蔻看著蜻蜓他們，又誇張的大聲說：「對了、對了，我去圖書館查了資料，找到一些線索。總而言之，問題在於用來做翅膀的竹片的心情。很簡單，要讓它保持心情愉快。交給我吧，我可以做到。」

「心情……？要讓竹片心情愉快嗎？」蜻蜓訝異的問道。

「竹片的心情，聽起來好奇怪哦。」蜜蜜也跟著說道。

「因為，竹蜻蜓也想快快樂樂的飛啊。」

蔻蔻得意洋洋的拚命眨著眼睛。

「好期待喲。」

蜻蜓身後的兩個小男生對看一眼後說道。

「沒錯沒錯，呵呵。」

蔻蔻聳了聳肩，輕輕笑著。

「好，那就趕快開始吧，前輩。」小男生說道。

原來，「前輩」是在叫蔻蔻。琪琪心想。

「琪琪，妳不去嗎？啊，對妳來說，飛行就和走路沒什麼兩樣，一點都不稀奇。但竹蜻蜓飛的時候，妳一定要來看喔。」蜜蜜說。

「琪琪，敬請期待吧。真的，我們一定會成功的，下次，妳一定要來看看。」蜻蜓走到琪琪面前說。

「那先掰掰囉。」

一群人揮手道別後，熱熱鬧鬧的聊著天離開了。

我也好想和他們一起去。琪琪氣鼓鼓的嘀咕著。既然這麼不甘心，一起去不就好了。琪琪也對最近畏畏縮縮的自己感到不滿。

目送他們遠去後，琪琪突然想到一件事。

什麼要快快樂樂的飛，她說的話竟然和蜻蜓一模一樣。

然後，琪琪又想到蔻蔻剛才說：「交給我吧，我做得到。」

難道她明明不會，卻假裝很厲害嗎……？還是她真的做得到？

吉吉回來後，琪琪好不容易平靜下來的心情，此刻卻再度泛起漣漪。

琪琪回到家中，突然轉頭看著旁邊。她似乎感應到某種呼喚。回頭一看，放在桌上的那本《終點之門》頓時映入她的眼簾。琪琪走了過去，撫摸著封面。

這本書，到底要留在這裡多久……琪琪喃喃自語著，想起自己還想問另一個人相同的問題。琪琪拿起書，再度用手指撫摸著。今天，它的心情好像不太好，一定打不開，這本書，真有個性。

琪琪正有點生氣，手指卻插進了紙張的縫隙，書本打開了。琪琪低頭一看，發現書頁上比上次看到時，出現更多的汙漬、更多的小洞。她盯著看了老半天，才終於從小洞的後方和汙漬之間，辨識出幾個無法成句的字。

一千隻腳……往前走。

躡手躡腳……放輕腳步……

踮著腳尖……走了過來。

像阿米巴蟲般……

這是什麼？琪琪把書本拿到眼前，一個字、一個字仔細確認。書本散發著古老的、煙霧般的味道，彷彿有許多隻腳悄悄的、悄悄的走了過來。琪琪突然害怕起來，闔上書本，抱著抱枕，坐在床上。

「啊，感人的重逢這麼快就結束了……」

琪琪聽到吉吉在一旁小聲嘀咕。

琪琪大步走在街上，好像要踢開身上的裙子一樣。她已經受不了自己遇到一點困難就情緒低落，很想就這樣去很遠很遠的地方。吉吉拚命跟在身後的腳步聲，令琪琪感到一點溫暖和安慰。琪琪轉身抱起吉吉，放在肩膀上，走向有許多大型商店聚集，也是克里克城最熱鬧的大街。街上擠滿了傍晚出來購物的人潮，好幾次都差點被撞到，談話聲、歡笑聲從四面八方傳來。有一個聲音穿過人群，從前方傳來。

噗嗚噗克、噗嗚噗克、噗。

啊，是吹口琴的大叔。琪琪想起來了，頓時忍不住咯咯咯笑了起來。在人潮洶湧的向日葵百貨公司前，一個身材高大的大叔正在吹口琴。由於他的身型很龐大，口琴感覺像是被他含在嘴裡，但每次都只發出「噗嗚噗克、噗嗚噗克、噗」的聲音。

「他還是老樣子。」吉吉輕聲說道。

大叔在這裡吹口琴很久了，依然只會吹單調的旋律。他應該多練習幾首曲子的。

「他每天在這裡吹，卻完全沒進步，太不可思議了。如果他學會一首新曲子，我就會咬咬牙，送他一個大銅板。」索娜太太也曾經這麼說過。

他的演奏一點都不吸引人，但大叔放在前面的那頂破禮帽裡，還真的裝了不少錢。

難道是因為他吹得不好，大家反而覺得很有趣嗎？琪琪站在遠處看著大叔想道。可能是他自己放進去的，表示自己很受歡迎。也可能是旁邊籃子裡的可愛小熊、兔子和狗的布偶很討人喜歡吧。

那幾隻布偶有點舊、有點髒，但仍然十分可愛，讓人忍不住多看幾眼。看來，大叔有在生意上動腦筋。琪琪覺得很有趣，又竊笑起來。這時，她的目光突然停了下來，同時吉吉也在她肩膀上「啊」的叫了一聲。因為，那隻布偶狗好像眨了一下眼睛。但只有一次而已，即使再怎麼盯著看，布偶狗依然一動也不動。

是我的心理作用吧。琪琪心想。

噗嗚噗克大叔終於準備回家了。他一把抓起帽子裡的錢，放進長褲口袋，把破帽子戴在頭上，用破舊上衣的下襬擦了擦口琴，放進胸前的口袋。然後，抱著裝布偶的籃子，要走路回家了。他走路的樣子和剛才擦口琴時一樣，肩膀噗嗚噗克、噗嗚噗克、噗的搖晃著。琪琪忍不住跟了上去。

「你有沒有覺得那位大叔很神祕？或許，他出人意料的住在大豪宅裡。我們跟蹤他看看。」琪琪輕聲對吉吉說。

大叔走了一段路後，打開一家小型餐廳的後門。

「啊喲，你下班了？」廚師問道，隨即拿了一只大酒瓶給他。

「這就是你要的酒。不要喝太多了。」

「我知道、我知道……只是我的意志不夠堅定。」

噗嗚噗克大叔從口袋裡拿出剛才放進去的錢，付給廚師。廚師接過錢，說：「今天沒剩什麼好東西，只有一塊肉

片。你將就一下吧。」說著，把手上另一個小紙袋遞給他。

「謝謝、謝謝，我很滿意。」

大叔鞠了個躬，便轉身離開了。

他連那些肉片也要，可見並沒有住豪宅。他的錢全都拿去買酒了。琪琪心想。

大叔在小巷子裡鑽來鑽去，最後走下通往一幢三層樓高房子地下室的樓梯。樓梯已經有點歪了，大叔打開一扇小門，彎著身體，鑽了進去。

「什麼嘛！」吉吉失望的說。

琪琪向右轉身往回走。她走到大馬路時，看到蜻蜓和早上那幾個飛行俱樂部的男生走在旁邊的巷子裡，幾個人正大聲討論著什麼。

「對啊，她每次都很誇張，老是喜歡讓別人大吃一驚。」蜻蜓說。

她……應該是指蔻蔻吧？

琪琪覺得有一顆小石頭丟進了她的心裡。

「她可能在騙人吧？」另一個男生說。

「但是……為什麼？」蜻蜓反問道。

「她說，竹片也想飛，所以我們讓它飛。竹片真的有想法嗎？太奇怪了。」

「但是、但是，你怎麼知道沒有呢？」

蜻蜓強烈表達了反對意見。

「當然知道。怎麼可能會有這種事？難道非要我證明，你才願意相信嗎？」

「證明？你要怎麼證明？」

「因為看不到啊……」

「如果都看得到，不就很無聊了嗎？可以發揮想像力才好玩，不是嗎？啊，對了，有些東西，即使看得到，也無法證明。我們不是經常看到琪琪在天上飛嗎？每次都覺得很不可思議吧？很想一直一直看著她飛。所以，每次看到琪琪，我都覺得心跳加速，好像整個世界都不一樣了。這又該怎麼證明？」

「那倒是，蜻蜓每次看到琪琪都很興奮。」

「啊喲，什麼啦，別胡說了。」

蜻蜓害羞的笑著，拍了拍朋友的肩膀，停下了腳步。遠處的琪琪也停下了腳步。

「琪琪，聽到了嗎？蜻蜓說每次看到妳都會心跳加速，妳覺得呢？」

吉吉慢慢轉著尾巴問。牠很想為琪琪加油。

「不知道。」

我果然……很奇怪吧。琪琪撫摸著吉吉的背，望著蜻蜓遠去的身影。

7 奈奈和小洋

「索娜太太，需要幫忙嗎？」琪琪把頭探進古喬爵麵包店的後門問道。

「有，當然有。隨時都有很多事需要幫忙。」

索娜太太拍了拍滿是麵粉的手，笑著回答。諾諾也站在桌子的角落，有模有樣的揉著麵團。奧雷正躺在一旁的搖籃裡呼呼大睡。向來沉默寡言的福克奧先生今天依然沉默，看到琪琪，咧嘴笑了笑，臉上寫滿了溫柔。

琪琪情不自禁的閉上眼睛，又慢慢張開。心想，能夠和索娜太太他們生活在一起，真是太幸福了。

「琪琪，妳的臉色不太好，頭痛嗎？」索娜太太說。

琪琪聳了聳肩，笑著說沒事。但她自己也知道，臉上的表情很不自然。

「妳怎麼了？」索娜太太看著她問。

「我也不知道。」

「該不會是不想面對吧？」

「別擔心，不是什麼大不了的問題。」

琪琪自我掩飾著，用力咬了咬嘴唇。

我又開始胡思亂想了……來這座城市已經這麼久了，一點進步都沒有……琪琪感到很不安，好像快被腳下慢慢湧起的一片灰色迷霧吞噬。

「我雖然會做一些讓大家驚奇的事……但我又不是什麼魔法都會。」琪琪忍不住

嘀咕道。

連我都知道是怎麼回事……琪琪怎麼可能不知道……吉吉抬起頭，用難以置信的眼神看著琪琪。「問題……就是蜻蜓啦……」吉吉把頭轉到一旁，自言自語的說。

琪琪聽到了，皺著眉說。

「不光是他的問題而已……」

這時，索娜太太在一旁安慰道：「有時候，人會想和憂鬱做朋友。聽起來有點奇怪，雖然想搞清楚是怎麼回事，但又會沉溺在憂鬱的心情中……」

「我好像和這種情況不太一樣。」

琪琪一邊回答，一邊思考著。

雖然我對魔女的生活樂在其中……卻無法回應蜻蜓和其他人的期待，做一些更神奇的事，也沒有特殊才藝……琪琪突然想起可琪莉夫人。寫封信給媽媽吧……

但是，琪琪每次寫信給可琪莉夫人，都聊一些開心的事，從來不曾提起內心的徬徨。因為，她不想輸給可琪莉夫人。琪琪覺得呼吸的通道好像變窄了，急忙用力咳嗽了一下。

「琪琪，來，像我這樣，咚的往旁邊跳一下，心情就會好起來。」索娜太太說。

「咚。」諾諾也有樣學樣的說。

「琪琪，趕快去洗洗手吧。」福克奧先生用很有磁性的低音說道。

「好，我來幫忙了。」

琪琪急忙去洗了手，穿上圍裙，站在福克奧先生的身旁。

「先拿一小團麵團壓扁，把裡面的空氣擠出來，拉著四周，捏在一起，再轉一轉……就像這樣。」索娜太太慢慢做出麵包的形狀給琪琪看。「把麵團放在低溫下烤，就會變得鼓鼓的，下面再插一根棍子糖。這就是裝了滿滿的克里克城空氣的氣球麵包，感覺真的像是會飄在空中，很適合魔女琪琪生活的城市吧？」

「太榮幸了，這種麵包一定會很受歡迎。」

琪琪按照索娜太太教她的方式，將壓扁的麵團四周捏在一起。

「琪琪，妳這麼說不是很見外嗎？這麵包是蔻蔻那個怪孩子設計的，她說，我們家的麵包很沒有新意，要做一些有創意的。呵呵呵。」索娜太太說。

「……」

琪琪很驚訝，忍不住將手中的麵團用力一壓。

「氣球麵包呀，蔻蔻對飛行很有興趣。每個人都很想飛，卻又做不到……不過，這種麵包倒是很有趣。」

索娜太太舉起麵包給琪琪看，似乎也感到很滿意。

「吉吉，吉吉、吉吉，過來這裡，快來。」

諾諾突然拍著手，在地上打轉。

「對了，吉吉去哪裡了？」

索娜太太看著琪琪的腳下問道。

「不知道跑去哪了。」

「牠逃走了吧？」

索娜太太看著琪琪，笑了起來。

今天的工作告一段落，琪琪走出門外準備回家時，朝麵包店的櫥窗張望了一下，發現一整排氣球麵包在燈光的照射下，顯得格外誘人。白色、紅色、桃紅色和青草色等鮮豔色彩的棍子糖好可愛，簡直就像遊樂園的裝飾品。路過的人看到了，無不驚訝的停下了腳步。

原本以為蔻蔻只是闖進了自己的家裡……現在才發現，並不是這麼簡單。琪琪的心情比剛才更加沉重了。

那天下午，琪琪聽到門外傳來大聲說話的聲音。琪琪稍稍掀起平時很少打開的後方窗簾，抬頭一看，發現隔壁房子的二樓窗戶敞開著。

「咦？有人搬進來了嗎？」

窄巷對面那幢房子，一樓是一對年邁老夫婦經營的洗衣店，二樓則一直是空房，沒有人住。琪琪踮起腳尖，又抬頭張望了一下，頓時驚訝得瞪大了眼睛。那扇窗戶的上半部分被代替窗簾的破報紙遮住了，從報紙的縫隙中，出現了兩個傀儡戲人偶。一個是穿著格子圍裙的女生，另一個是穿著相同格子圖案襯衫的男生。

「奈奈，妳真的決定放棄了嗎？」

男生人偶誇張的甩了甩腿，女生人偶身體震了一下，點點頭。

「對，我已經決定了。小洋，不好意思，我不想再過著四處流浪的生活了。雖然我不討厭傀儡戲，但至少希望每個月有五天的時間，可以和你定居在某個地方生活，即使像這樣的小房間也沒關係。天冷的時候，可以生火取暖，就算只掛一塊漂亮的窗簾也可以。我不想每天都住在別人家的儲藏室或是在蘋果樹下煮飯，就連我心愛的串珠和布料都只能放在背包裡。我想好好整理它們，放進衣櫃裡。」

名叫奈奈的女生人偶扭動身體，央求著說。

「妳不要老是為這種無聊的事猶豫不決。」

名叫小洋的人偶嘴巴一張一合，凶巴巴的說完，把頭轉到一旁。

「無聊就無聊。反正，我就是那種猶豫不決的人，所以，才會蒐集一堆無聊的東西，和朋友聊一堆無聊的話題。」

奈奈人偶的頭微微顫抖著。

「是喔、是喔。那我就一個人繼續旅行吧，這種照不到陽光、又小又擠的房間到底有什麼好？我會另外找一個搭檔，反正，隨時都可以找到代替妳的人。」

「是嗎？好啊，你就另請高明吧。祝你成功。」

奈奈人偶跳了起來，從窗前消失了。

「我會的。」

小洋人偶也舉起雙手，不見了蹤影。

他們在排練。琪琪心想。

過了一會兒，琪琪再度掀開窗簾，又向隔壁的窗戶張望。窗戶和剛才一樣敞開著，風把報紙吹得嘩嘩作響，不過沒有人的動靜。

他們一定去工作了。琪琪想像著帶著人偶四處旅行的奈奈和小洋。然而，剛才的爭執不像是排練。他們一定和好了。琪琪不禁覺得有點羨慕。可以和喜歡的人一起做喜歡的事，真令人羨慕。

「吉吉。」

琪琪四處尋找吉吉的身影。就在這時，門用力的被打開了，蔻蔻「啊、啊、啊」的喘著氣，跟在她身後的吉吉一塊衝了進來。

「哇嗚、哇嗚。」

吉吉抬起頭看著蔻蔻，心有餘悸的發出叫聲。

「吉吉，噓！小聲點！」

蔻蔻不時瞥著窗外，對吉吉說。

「蔻蔻，那位大叔是妳的朋友嗎？他竟然抓著我問：『你是不是魔女貓？你是不是魔女貓？』啊，對了，他聽不懂我的話。不過，蔻蔻，妳太過分了，竟然只顧自己逃命。」

吉吉對著蔻蔻發出「喵嗚」的叫聲。

「吉吉說，你們遇到了可怕的人嗎？是誰？蔻蔻，是妳朋友嗎？」琪琪問。

「怎麼可能？我不是說過很多次了，我是孤兒。」蔻蔻抬起下巴說。

「蔻蔻，我們也算是住在同一個屋簷下的朋友，遇到狀況時，怎麼可以只顧著自己逃命？」吉吉說。

「吉吉，蔻蔻聽不懂你的話，你說了也沒用。」琪琪說。

「不會啊，蔻蔻聽得懂我的話。」

「真的嗎？」琪琪看著蔻蔻問。

「嗯，我的直覺很強。」

蔻蔻有點心虛的抬起頭，搖晃著身體。

「妳之前不是聽不懂嗎？」

「因為我有用功啊。」蔻蔻皺了皺鼻子，「嘻嘻嘻」的笑了起來。接著突然換了一種語氣，不甘示弱的說：「而且，我有這個大拇指。只要豎起大拇指，露出微笑，一切都手到擒來。」

她的話令琪琪感到不寒而慄。她到底是誰？

琪琪轉頭看著吉吉，大聲的說：「吉吉，你要小心點，不要隨便對人搖尾巴。最近，有許多危險的人。」

然後，琪琪狠狠的瞪了蔻蔻一眼。琪琪瞪著蔻蔻的時候，不禁對自己可以說出這種語帶諷刺的話感到驚訝，但心情倒是覺得很暢快。

「喵嗚。」
吉吉張大嘴巴叫了一聲。
「吉吉，你怎麼突然像貓一樣？」琪琪說。
「琪琪，妳在說什麼啊？我本來就是貓啊，喵嗚！」
吉吉更大聲的叫著，跳上了椅子。蔻蔻看著他們，咯咯咯的笑著走進自己的房間。琪琪覺得好像連吉吉都看輕自己了。
「吉吉，剛才那個男人真的想抓你嗎？」
「嗯，對啊。」
吉吉縮著身體，抬眼看著琪琪。
「那時候，蔻蔻在幹什麼？」
「她逃走了，一眨眼的工夫就不見了……」
「吉吉，你小心點。對蔻蔻也不能大意。」
「我知道。但我已經沒事了。」
吉吉很用力的點點頭。

那天晚上，琪琪正準備上床睡覺，聽到「咚、咚、咚」的敲門聲。

「蔻蔻，已經這麼晚了，妳別胡鬧了。」

琪琪忍不住火冒三丈的回頭說道。

「蔻蔻不是一直都在她自己的房間嗎？」吉吉說。

咚咚咚。

又響起了敲門聲。琪琪把門打開一半，向外張望。

「請問是哪位？」

「抱歉，這麼晚來打擾。我是剛搬到隔壁的奈奈，有事想請妳幫忙。」

琪琪大吃一驚，趕緊打開門。站在燈光下的女人手上，抱著琪琪白天在窗戶旁看到的人偶。

「這個人偶是奈奈……」琪琪脫口而出，「啊，對不起，我白天看到你們在窗戶旁排練。」她滿臉歉意的縮了縮脖子。

「是嗎？」自稱是奈奈的女人有點驚訝，停頓了一下，說：「這個人偶的名字和我一樣。」

「不光是名字一樣。」

琪琪重新打量著人偶。女人和布偶無論是削瘦的身材、長長的直髮、微微翹起的可愛鼻子，還有格子圍裙，都一模一樣。

「我聽洗衣店的奶奶說，妳專門代客送貨。我想拜託妳一件事。」

「好。」

琪琪點頭。

「我想請妳將這個奈奈人偶送去給小洋。妳剛才也從窗戶看到小洋人偶了吧？那應該一下子就可以認出他，因為小洋本人長得和小洋人偶一樣。明天中午，他要在北方城市對面的村莊的隔壁城鎮的廣場表演傀儡戲。如果沒有奈奈人偶，表演就會變得很單調。」

「奈奈小姐，妳不去嗎？」琪琪問。

「沒關係，我不去也沒差，我才不要理那個不近人情的傢伙。」

奈奈小姐的表情十分嚴肅，把頭偏

到一旁。

第二天早晨，琪琪把奈奈人偶裝進一個大袋子，背在肩上，對著還睡得昏昏沉沉的吉吉說：「要出發了。」

「妳真的要去喔。」蔻蔻打開自己的房門，探出頭來，臉上還帶著惺忪的睡意。

「……一大早就這麼辛苦。琪琪，妳的工作該怎麼說……好像總是在多管閒事。」

「蔻蔻，妳這麼說，不也很多管閒事嗎？」

「才不是呢！我是愛搞破壞的搗蛋鬼。哈哈哈。」

蔻蔻笑著伸了個懶腰。

「妳又不知道我們要去哪裡。」

琪琪沒好氣的說。

「我當然知道，昨天晚上，我都聽到了。」

「妳竟然偷聽，和小偷貓有什麼兩樣？」

琪琪用力打開門，帶上抱著掃帚的吉吉，飛了起來。

「琪琪，」吉吉尖銳的聲音從身後傳來，「妳說小偷貓，會不會太過分！身為一隻貓，我要表達抗議！」

「那又怎麼樣，不是也有像蔻蔻這種奇怪的女孩子嗎？身為一個女孩子，我也想要表達抗議。」琪琪也大聲還擊。

「但是，琪琪，妳又不了解蔻蔻。」

「可是她本來就很奇怪啊。就是因為她奇怪，我才這樣說啊。」

「她只有十二歲而已，根本不是妳的競爭對手。妳在十二歲的時候，還沒有變成魔女呢！」

「哼，吉吉，你連她的年齡都知道。」

琪琪突然回想起自己當年還不太會飛，經常踢響掛在樹上的鈴鐺……和現在相比，那時候真是無憂無慮。

「才十二歲就這麼自大。」

「琪琪，妳只會在我面前數落，卻不敢當面對蔻蔻說。」

「因為我對她不感興趣。」

「少騙人了。」琪琪突然加快了速度，吉吉搖晃著身體，自言自語的嘀咕道：「老實說，我對蔻蔻也不了解。但是，她也有祕密。」然後學大人的樣子，連續點了好幾次頭。

離開克里克城，又經過了北方的城市，飛過前方位在山谷間細長的村莊，來到比克里克城小很多的城鎮上空時，琪琪看著下方，在空中緩緩盤旋著。

啊，看到小洋了。他長得和昨天看到的人偶一模一樣，正在城市中心的廣場上，在樹木和樹木間掛起一塊白布。已經聚集了不少人。

琪琪在遠處降落後，拿著掃帚，快步走向廣場。廣場旁有一家小型餐廳，把三張桌子搬到戶外，四周圍著椅子。

餐廳玻璃門上的布告紙上寫著：

今日特餐：豬排、大盤水煮馬鈴薯

免費續盤

琪琪穿過人群，正準備走上前時，餐廳的女服務生走了出來，她的手臂就像水煮馬鈴薯。然後，用像打雷加狂風般的聲音問：「演戲的，今天只有你一個人嗎？」

小洋嚇了一跳，轉過頭，害羞的點點頭。

「你們吵架了嗎？還是分手了？」

小洋比剛才更難為情的縮起身體。

「你應該很傷腦筋吧？」

「不，總會有辦法的。」

「喔，是嗎？呵呵呵，要不要和我搭檔？對，沒錯，比起當服務生，我一定會更喜歡這份工作。」

水煮馬鈴薯小姐搖晃著沉重的身子走了過去，與小洋一起站在白幕後方。

琪琪停下腳步，看著他們兩個人。奈奈小姐和水煮馬鈴薯小姐的體型，就像小鳥和大象，有著天壤之別。

「謝謝妳，但我今天只有帶一個人偶。」

小洋盡量保持臉上的笑容。

「什麼？人偶？」水煮馬鈴薯小姐大叫起來，「沒有人偶有什麼關係，即使用一根棒子，或是用我的鞋子充當人偶，也比你一個人演有趣多了。什麼？沒有操控的線？剛好有合適的。」

水煮馬鈴薯小姐脫下滿是油汙的圍裙，抓著圍裙上的帶子，將圍裙垂在白色的幕前。

「各位觀眾，我是新來的，我叫油汙妹妹，我會蹦蹦跳跳喔，你們看，你們看。」

觀眾哈哈大笑起來，也有人吹起口哨。小洋不知所措，一副想臨陣脫逃的樣子。

「好了，你表演之前，不是都會唱歌嗎？我們趕快開始吧。」

水煮馬鈴薯小姐用力吸了一口氣，用宏亮的聲音唱了起來。

兩個人　傀儡戲的世界　翻筋斗
人偶的右手　我的右手
人偶的心情　我的心情
兩個人　傀儡戲的世界　跌筋斗

小洋慌忙搖著手，小聲的對水煮馬鈴薯說：

「咦？世界的後面……為什麼要改歌詞？翻筋斗聽起來不是比較帥氣嗎？」

臺下的觀眾笑彎了腰。水煮馬鈴薯小姐更加得意了，拚命抖動著滿是油汙的圍裙。琪琪也忍不住笑了起來。

要告訴奈奈小姐嗎……不行、不行。就像蔻蔻說的那樣，我只是宅急便，不是愛管閒事的宅急便。

琪琪悄悄走近小洋，把奈奈人偶遞給他。

「奈奈小姐要我送這個給你。」

小洋的臉頓時露出興奮的表情。

「奈奈也來了嗎？」

「不，只有人偶而已。我告辭了。」

琪琪把人偶塞到他手上，隨即一轉身，跑著離開了。小洋不知道大叫著什麼，琪琪沒有回頭。因為，她覺得自己好像反而把悲傷帶給了小洋。

兩個人　傀儡戲的世界　栽筋斗

水煮馬鈴薯小姐的聲音從身後傳來。

「她又唱錯了。」吉吉說。

琪琪回到家裡，發現蔻蔻正盤腿坐在椅子上。前面的桌上有一封信，和一個用玉米皮、玉米鬚做的人偶。

「她走了。」

蔻蔻用下巴指了指門外。

「走了?誰?」

「演傀儡戲的啊。既然這麼快就改變心意,之前幹麼那麼裝模作樣?一開始一起去不就好了。」

「她是去小洋那裡嗎?」

琪琪探出身子問道。

「我怎麼知道?」

琪琪急忙打開信封。

宅急便小姐,聽說妳叫琪琪,謝謝妳幫我送奈奈人偶。但是,我還是決定去找小洋。小洋不在家,奈奈人偶也不在身邊,我突然覺得整個身體都涼了。原本只是想試著放手,沒想到,竟然會失去自我,整個人都像被掏空了。這是我之前完全無法想像的。不好意思,給妳添麻煩了。聽洗衣店的奶奶說,可以和妳分享現成的東西作為謝禮。這是我做的人偶,或許不夠好,但是我的一片心意。下次來這座城市時，希望可以再見到妳。雖然經歷了很多事，但我終於知道，與小洋一起旅行的天空下，是我最安心的地方。

奈奈

琪琪拿起人偶，試著拉了拉人偶上的線，白色的玉米皮發出沙、沙的聲音。當琪琪放開線時，人偶向她鞠了一躬。

「那封信可以借我看看嗎？」蔻蔻說。

「請看吧。蔻蔻，妳難得這麼有禮貌。」

即使聽到琪琪的嘲諷，蔻蔻也沒有回答，打開信看了起來。

蔻蔻一邊看信，一邊說：「她上面提到的分享是什麼意思？」

「就是不需要刻意送什麼謝禮給我，只要分享一點心意就夠了。」

「哇噢，魔女做的生意很了不起嘛。如果遇到小氣的人，只給一丁點謝禮也沒問題嗎？」

「當然沒問題，魔女在生活中，必須和大家相互幫助。分享心意，就是發現原本看不到的東西。這是我媽媽告訴我的。」

「喔，我知道了。這麼說，我和妳也是相互幫助囉。琪琪，妳真是個乖孩子，到現在還遵守媽媽的規定。」

蔻蔻很難得的凝視著琪琪，沒有移開視線，最後，她喃喃的說：「媽媽連這種事都會說嗎？」

8 大象送給小兔

「我最近是不是很消沉？」琪琪問吉吉。

「消沉？妳是說心情嗎？最近天氣太熱了，我也覺得懶洋洋的，很想搬到其他地方住。」

「是天氣熱的關係嗎？是喔……早上我照鏡子時，嘴角都下垂了。」

琪琪把手指放在嘴角，輕輕往下壓。

「啊——這根本就是哭喪的臉嘛。」

吉吉跳上琪琪的肩膀，開玩笑的在她耳邊小聲說：「真的是哭喪的臉喲……」

除了吉吉以外，誰都沒有察覺到琪琪這一陣子情緒如此低落。因為，琪琪在外面總是表現出開朗、可愛的魔女形象。蔻蔻似乎也發現了琪琪的不安，又似乎樂於看好戲。

明知道蔻蔻只是個比她小四歲的女孩……琪琪也很討厭自己這麼在意蔻蔻。

鈴鈴鈴鈴、鈴鈴鈴鈴。

電話響了。琪琪拿起電話，用精神抖擻的聲音說：「這裡是魔女宅急便。無論任何東西，都可以快速送達您指定的地點。」

「哇噢，妳總是這麼有精神。」

電話中響起一個開朗的聲音。

「啊，茉莉，好久不見。怎麼了？小亞最近好嗎？什麼？他已經七歲了？還是像以前那麼調皮嗎？」

聽到琪琪問「小亞最近還好嗎？」時，吉吉立刻躲到床底下。他最怕這個名叫小亞的男生了。小亞和他的姊姊一起住在克里克城郊區的山裡，是個活潑好動的小男孩，吉吉並不想見到他。之前，琪琪和吉吉飛行的時候，被小亞用彈弓射擊。打彎吉吉的尾巴，變成了L形。之後，又用力拉扯吉吉的尾巴。況且，小亞說很喜歡吉吉，但把吉吉抱在懷裡時，根本不是一般的抱法，幾乎快把吉吉壓扁了。

琪琪瞥到吉吉慌忙的樣子，不禁竊笑。

「茉莉，現在樹都長了新芽，山裡的風景很漂亮吧？」

「才不是呢，早就過了這個季節。看來住在城市裡，和大自然的時間有落差呢。妳偶爾也來這裡玩一玩吧，森林很不錯喲。對了，我打算以後在我家的榆樹下，開一家名叫『森林的禮物』的店。」

「哇，好棒哦！」

「以後，就可以把我做的茶、果醬、用草編的籃子，還有烤好的餅乾賣給來這裡野餐的人。如果——我是說如果成功的話，我想再開一家小旅館……我不可能永遠是小孩子，一直和小亞住在這裡，什麼都不做，這樣就交不到男朋友了。呵呵呵。」

「茉莉，妳真厲害。照顧弟弟的同時，還能想到這麼多愉快的事。妳沒有情緒低落的時候嗎？」

「才不是呢。我總是對自己缺乏信心，所以才會努力找事做。琪琪，到時也請妳幫我的忙，如果客人不能親自來這裡，可不可以請妳幫我送果醬和餅乾？」

「好啊，沒問題，讓我也多一點工作。」

琪琪拿著電話，忍不住振奮了起來。

「對了，琪琪，聽說妳妹妹也來了？我以為妳是獨生女，沒想到還有一個這麼棒的妹妹。大家都說她很能幹。」

「啊？」

琪琪頓時覺得頭昏腦脹，完全不記得之後自己到底說了些什麼。當她回過神時，發現自己拿著電話，傻傻的站在那裡。

原來，城裡已經傳開了……大家都認為……她到底打算住到什麼時候？她已經慢慢、慢慢的滲透進我的生活了。

琪琪的嘴角垂得比剛才更低了。

一千隻腳……往前走

躡手躡腳……放輕腳步……

踮著腳尖……走了過來

像阿米巴蟲般……

從那本《終點之門》上看到的內容，簡直就是在形容蔻蔻。

琪琪不禁害怕起來，視線不敢朝著那本書的方向。然而愈是這樣，反而愈在意。琪琪乾脆拿起那本書，試著翻開。「啪」的一聲巨響，書又打開了。書頁上仍然滿是汙漬。琪琪像之前一樣瞪大眼睛，又看到裡面的句子。

感到害怕。感到十分害怕。於是，妳就可以看到真正的自己。

我已經夠害怕了……琪琪想起早上吉吉說的話。哭喪的臉……不要！不要！難道說，哭喪的臉就是真正的我嗎……

突然間，琪琪抬起頭，因為她發現有人在外面。一個男人站在窗外，拚命探頭往裡面張望。可能因為房間很暗，所以看不太清楚。男人用白色的手帕擦著汗，伸長脖子猛瞧。琪琪打開門，問道：「請問你有什麼事？」

男人嚇得跑開了。

「不，沒有，呃。」他臉上露出尷尬的笑容，拚命搖著頭。鬆開的領帶也一起左搖右晃，一雙溫柔的眼睛不好意思的瞇了起來。「我剛、剛好路過，看到這塊看板，『魔女宅急便』是送魔法嗎？」

「不是……是送貨。」

「喔，原來是這樣……妳就是那位魔女小姐嗎？」

「對，是啊。」

「怎麼樣？妳覺得幸福嗎？魔女的工作很不同尋常，有沒有遇過不順心的事？」

男人心神不寧的將拿在手上的衣服換來換去，斜斜的探出身體，從打開的門向裡面張望。

「嗯，我現在工作得很愉快。」

「現在？妳的意思是？」

「剛開始大家聽到我是魔女，就會覺得害怕……畢竟每個人的想法不同。但是現在已經沒問題了。不僅適應了，還覺得工作很愉快……你要不要進來坐坐？」

琪琪打開門，對男人說。

「不、不用了。我只是覺得有趣，所以來看一下。不過，魔女不是都必須有一隻貓……而且是黑貓吧？」

「不是說必須有，而是像雙胞胎的姊弟。我媽媽也是魔女……所以當我出生時，我媽幫我找了一隻黑貓，我們從小一起長大……」

「妳媽媽？是嗎？原來有這種傳統。」

男人目光呆滯，顯得若有所思。

「你在研究魔女嗎？」

「不，不是。我是來這座城市工作的。啊，對了，既然妳是宅急便，剛好可以拜託妳，請幫我送過去。」男人從口袋裡拿出一枚發出銀光的胸針。「這是我剛才在大馬路上撿到的。後面刻著地址，我本來想自己送過去，但我要去趕火車了。魔女小姐，如果妳可以代我送過去，我會十分感謝。」

男人從長褲口袋裡拿出一張紙鈔。

「一點小錢，不成敬意。那就拜託妳了。」說著，就把錢和胸針塞到琪琪手上。「我在趕時間，先告辭了。謝謝妳幫了我大忙。」男人轉身快步離開了。

這麼多錢……琪琪驚訝的看著手上的錢，當她從窗戶探出身體時，發現男人已經走遠了。琪琪的嘴角頓時垂了下來，巨大的不安湧上心頭。

那個人好奇怪，拚命打聽魔女的事，鬼鬼祟祟的探頭張望。他會不會……是蔻蔻認識的人？對了，可能是蔻蔻的爸爸。他們的鼻子長得有點像。上次想抓吉吉的人也是他嗎？琪琪看著手上的胸針。他故意假裝要我送這個東西，其實是來暗中偵察的。他該不會是和蔻蔻聯手，想把我趕出這座城市吧？一旦擔心起來，不安就在心中不斷擴散。那本書上寫的像阿米巴蟲般躡手躡腳……或許就是指這件事。

琪琪又看了一眼男人交給她的胸針。胸針上有四個分別從弦月到滿月的月亮，外形十分可愛，滿月的月亮上還畫了一張笑臉。翻過胸針，背面刻了一行小字：

無論是弦月還是滿月

森林路一號

森林路位在近郊，種了許多長滿藤蔓樹木的圓環，就是那條路的起點。琪琪曾經穿過那條路的上空好幾次。琪琪把胸針別在衣服的胸前，照著鏡子。當她身體移動時，月亮的臉好像在點頭。

琪琪突然感到身後有動靜，驚訝的回頭一看，發現蔻蔻房間的門縫中，露出一對閃亮的眼睛。

「剛才是不是有客人來……」

「蔻蔻，妳在等人嗎？妳該不會認識剛才那個人吧？」

「妳又開始亂猜了……」

「因為，剛才那個人一直在打聽我的事情，而且還給我這麼多錢。」

琪琪給蔻蔻看手上的錢。

「有什麼關係？反正那個人應該不缺錢，妳不用在意啦。」

蔻蔻說著，打開門走了出來，滿臉不安的向窗外張望。

「蔻蔻，妳還是有點擔心吧？」

「不會啊。剛才那個大叔到底來幹麼？」

「好像想打聽魔女的事。」

「琪琪，妳以前看過那個人嗎？」

「沒有。我知道了，一定是妳認識的人。該不會是妳爸爸吧？」

「真是夠了，妳總是這樣想。我已經說了，和我沒有關係。」蔻蔻的頭上露出一條青筋，當她看到琪琪胸前的胸針時，突然叫了起來。「啊，這個好可愛。借我看看。月亮……好適合魔女戴。」

蔻蔻伸手拿下琪琪胸前的胸針，擺在自己的胸前。

「剛才那個人，要我將胸針送到背面的地址。」

聽琪琪這麼說，蔻蔻翻過胸針看著。

「這是那個大叔的東西嗎？」

「不是。他說在路上撿到。我現在準備送過去。」

琪琪從蔻蔻手上拿過胸針，重新別在自己的胸前。

「真好。琪琪，妳可以假裝借用別人的東西，結果占為己有吧？」

「妳好過分，太過分了。我知道了，如果是妳，就會這麼做吧？」

琪琪瞪著蔻蔻，握著掃帚，用力打開門，頭也不回的關上門。吉吉剛好追了上來，結果，門就在牠面前重重的關上了。

在圓環繞滿蔓藤那棵樹的正前方，就是森林路一號。那幢房子被常春藤的葉子淹沒了，可能是蔓藤的種子隨風飄到四方，在房子上落地生根了。琪琪按了門鈴，門鈴的音樂還沒結束，門就從裡面被打開，許多小孩子的聲音頓時湧了出來。

「不要，快住手。」

「好痛。」

「你這個笨蛋。」

許多小孩子像豆子般蹦了出來，一個滿頭大汗的高大男人，手上抱著一個寶寶，跟在後面。

「咦？是魔女耶。」

「是真的魔女。」

「一定是假的啦。」

孩子們你一言我一語的叫了起來。還有的孩子把手指放進嘴裡，對琪琪扮鬼臉。

「我是真的魔女。我叫琪琪，請多關照。」

「請進。」男人說。

「呃……我……只是……」

琪琪吞吞吐吐的還沒說完，男人就用低沉的聲音說：「沒關係、沒關係，妳別客氣，請進吧。」

他一定就是大象爸爸。琪琪立刻恍然大悟。琪琪一進門，所有的孩子立刻從大到小排成一列，各自報上自己的姓名。

「我叫小狼。」

「我叫鼬鼠。」

「我叫貓熊。」

「我叫小豬。」

「我叫小獅子。」

「我叫鱷魚。」

這時，被大象抱在手上的小寶寶也說：「我是小貓。」

「呵呵呵，大家都是動物的名字！」

琪琪忍不住笑了。

「全員到齊，太棒了。」身後傳來一個聲音，琪琪回頭一看，發現蔻蔻站在她身後，吉吉緊抓著蔻蔻的背。向來討厭小孩子的吉吉閉著眼睛，渾身發抖。

「咦！又來一個魔女！」小豬驚叫起來。

「雖然穿著黑衣服，但是頭髮好亂。」鼬鼠說道。
「這個是真的嗎？」
「那個是假的嗎？」
幾個小孩子七嘴八舌的討論起來，一片鬧烘烘的。
「我當然是真的。我們是雙胞胎。」
蔻蔻立刻站到琪琪旁邊，嘻皮笑臉的。
「是喔？我們家也生了雙胞胎，現在和媽媽一起住在醫院裡，所以，我們一起做了慶祝的蛋糕。魔女姊姊，可以幫我們送過去嗎？」小狼說。
琪琪「呃」的露出困惑的表情。
「當然可以，所以我們才會來這裡啊。」

蔻蔻搶先說道。

「呃，可以啊……當然沒問題。但我是來送這個的，因為背面有寫地址。」

琪琪指著胸前的胸針。

「這個？妳在哪裡撿到的？」

大象爸爸張大眼睛看著胸針。

「聽說掉在大馬路上了，剛才，撿到的人託我送過來。」

「是嗎？我太太在半年前遺失了。」

「小兔是你太太嗎？」

「對啊。那時候，小兔很難過。看來在這段時間，這個胸針不知道去了哪裡，是不是有人拿去用了？剛好可以和蛋糕一起送給小兔。雖然有點遠，但魔女小姐，妳也一起來吧，小兔一定很高興，這是最好的慶祝！」大象興奮的說。

「來看我們剛做好的蛋糕，就在廚房裡，是大家一起動手做的。」

小狼的話音未落，一群孩子就連蹦帶跳的衝了進去，廚房裡頓時陷入一片混亂，奶油噴得牆上到處都是。

「草莓的數目，與爸爸、媽媽和小孩子的人數相同喔。」貓熊很得意的說。

「一下子多了兩個小寶寶，很驚人吧。」

鼬鼠誇張的瞪圓了眼睛說。

慶生蛋糕的隊伍出動了。這些孩子聽到無法騎在掃帚上飛，雖然有點失望，但走起路來，個個都精神抖擻。他們把蛋糕放在一個大盤子上，用大桌巾包起來，把綁起來的結穿過掃帚柄。抱著小貓的大象爸爸拿著掃帚柄的前端，琪琪拿著另一端，一群小孩子熱熱鬧鬧的跟在旁邊。每個人都像大人一樣乖乖走著。蔻蔻跟在最後面，一派悠閒的樣子。吉吉仍然坐在她的肩上不肯下來。

「嗨，琪琪！」

有人跑過來，向琪琪打招呼。抬頭一看，隊伍剛好經過飛行俱樂部的門口。蜻蜓和他的朋友們都走了出來，看著琪琪與他們的隊伍。

「啊，前輩也在。」

「妳真的在當魔女的助手嗎？」有人問道。

「對呀！也許吧……」蔻蔻揮了揮手回答。

「蔻蔻，妳今天不來嗎？」另一個人問道。蜻蜓走了過來，大聲的問：「我想和妳討論，還有些細節搞不清楚。」

「我知道。你放心吧。」蔻蔻說。

「那我們等妳喔。」

俱樂部的人揮著手，紛紛走回去了。

細節？到底是什麼事……琪琪的手不經意的用力握住了掃帚柄，蛋糕頓時搖晃起來。

「魔女姊姊，妳還好吧？」

小孩子異口同聲的問道。

「沒問題、沒問題。」

一群人終於浩浩蕩蕩的來到市立醫院的門口。

「小嬰兒現在還不能吃這個甜甜的蛋糕。」護士們笑著說道。

「媽媽、小寶寶，這是哥哥做的蛋糕。」

「才不是呢，姊姊也有一起做。」

小孩子們大聲嚷嚷衝進病房。小兔媽媽慢慢從病床上坐了起來。她白皙的臉上，兩片紅唇十分滋潤，圓圓的大眼睛看著大象爸爸，接著又將視線移向孩子們，她的眼睛因為興奮而微微顫抖著。

「你有乖乖嗎？妳有乖乖嗎？」她用兩隻胖嘟嘟的手捧著每個孩子的臉龐，凝視著孩子的臉問道。於是，孩子們頓時安靜下來，用力點著頭。空氣立刻變得不一樣了。

好像魔法一樣。琪琪心想。

琪琪一回頭，發現蔻蔻也凝視著小兔媽媽和孩子們，她的眼神很專注，淚水好像隨時會流下來。

小兔媽媽抬起頭說：「咦？這不是魔女嗎？唉喲，有兩位魔女。幸會、幸會。」

琪琪走到床邊，把月亮胸針遞給小兔媽媽。

「啊！這個！我遺失之後，一直很難過。現在終於找到了，我太高興了。這是大象第一次送我的禮物，我很珍惜。太好了。」小兔媽媽打量著胸針，翻了過來。「他送我這個胸針時，叫我『小兔』，我也叫他『大象』，才會在胸針背面刻了這些字。也因此幫孩子們取了小狼這些動物的名字。我家是快樂的動物園。」

小兔媽媽笑著把兩隻手放在頭頂上，假裝是兔耳朵。

「對，他們剛才告訴我，每個人都有動物的名字。」

「這個胸針後面的這些字，意思是『無論滿月時，還是弦月時，都要相親相愛』……不過，現在有這麼多孩子，這句話又有了新的解釋，就是『無論大孩子，小孩子，都要好好珍惜』的意思。從今以後，這個胸針會成為我們全家的護身符。兩位魔女，謝謝妳們。妳們這麼年輕，就做著這麼有意義的工作。」

小兔媽媽抱著在一旁熟睡的小寶寶，露出微笑。

她說我這麼年輕，就做這麼有意義的工作。琪琪在心裡重複了一遍，心情突然開朗起來。她偷偷看了一眼蔻蔻，蔻蔻也難得垂下雙眼，靜靜站著。

那天晚上，琪琪悠閒的喝茶時，覺得自己已經好久沒有這麼平心靜氣了。兔子媽媽的氣息好像流遍了琪琪的全身。琪琪瞇起眼睛，看著遠方。

有朝一日，我結婚的話，也想要有一個這麼熱鬧的家。

這時，吉吉跑過來，在琪琪的身上磨蹭著，壓低嗓門說：「琪琪，妳把妳心愛的鈴鐺送給了蜻蜓，蜻蜓也送了妳一個小皮包……大家都喜歡送禮物……原來是這樣……」

「啊？」

琪琪驚訝的反問道，吉吉跳到一旁，不好意思的把身體縮成一團，假裝睡著了。

琪琪被吉吉說穿了心思，臉頰立刻紅了起來，她慌忙用雙手捂住臉掩飾著。

「你們還沒睡啊？」蔻蔻打開門，探出頭，「我沒聽到聲音，以為你們已經睡了。」

「蔻蔻，要不要一起喝茶？」琪琪問。

「謝啦。我剛好覺得口渴，又懶得自己去倒茶。」

蔻蔻喜孜孜的走了出來。琪琪把茶放在蔻蔻面前，深有感慨的說：「今天能夠遇到小兔媽媽，真是太好了。我是獨生女，好羨慕這麼熱鬧的家庭。」

「是嗎？那我可以當妳的妹妹。」

蔻蔻笑著調侃道，細細品嘗著茶的味道。

9 捕魚豐收事件

這天晚上，琪琪正準備上床睡覺，突然看到牆上的月曆，不禁「啊」的驚叫一聲。

隔天就是立秋，是收割藥草的日子。播完種又澆了十三天的水之後，琪琪的心情始終起伏不定，忘了關心藥草。

「好險，差點忘記這麼重要的事。」琪琪打開窗戶，看著窗外的藥草田。

「好厲害，藥草自己長得很好。」

藥草濃濃的味道撲鼻而來。

我已經忘得一乾二淨了，卻在前一天讓我想起來。藥草的力量果然不容小覷。琪琪心想。「明天要早一點起床。」琪琪說出了這句話，覺得心情很久沒有這麼暢快了。

第二天早晨六點，琪琪就開始割晨藥草。雖然已經是農曆立秋了，但陽曆才八月初，正是炎炎夏日。太陽還沒有高掛天空，琪琪拿著鐮刀那隻手的肩膀和手臂上，已經滿是汗水了。魔女工作服的肩膀以下都濡溼，顏色也變深了。藥草葉的前端都尖尖的，一不小心就會割傷皮膚。躲在草裡睡覺的蟲子被驚醒，紛紛飛了出來，撞到琪琪的臉上。如果用力呼吸，就會把蟲子也吸進嘴裡。但琪琪的心情特別愉快，她把割下的藥草放在一旁的陽光下曝晒，藥草很快就變了顏色。原本生澀的味道慢慢散去，變成宜人的芳香。想到此時此刻，可琪莉夫人也正在做相同的事，琪琪除了自豪之外，也十分感動。

傍晚六點，她再次開始收割夜藥草。琪琪沒有忘記在藥草田裡留下一部分晨藥草和夜藥草，用於明年播種。

第二天，琪琪把藥草的葉子、莖和根都切碎，放進可琪莉夫人送她的銅鍋，用小火焙炒成乾乾的粉末，最後淋了三次葡萄酒。於是琪琪順利的親手完成了第二次噴嚏藥的製作。

幸好沒有忘記。

琪琪長長的嘆了一口氣，一屁股坐在椅子上，然後拿起一旁裝著去年噴嚏藥的瓶子，放在手上看著。只有瓶底剩下少許噴嚏藥，不知道什麼時候都用完了。琪琪的背部一抖，輕聲嘀咕說：「啊，果然是魔女的智慧。」可琪莉夫人說，每一年製作的噴嚏藥數量都會剛剛好。琪琪沒有特別計算過，卻自然而然變成這樣，的確太神奇了。琪琪覺得很累，卻因為完成了一件工作而感到十分高興。

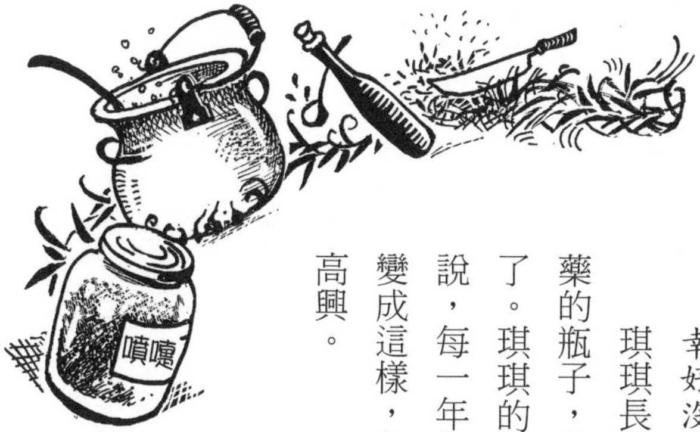

這一天早晨就吹起了南風。那是每年都會在夏季結束時出現一次，這裡的人稱為「海淘氣風」風暴，會吹起海邊的沙子，帶到城市裡，讓人眼睛都無法張開。但風暴離開後，克里克城的空氣就會變得格外清澈，足以看到遠方的山。於是，秋天的腳步就近了。

「吉吉，今天晚上的星星一定很美。」

吃完晚飯後，琪琪邀吉吉一起爬上了屋頂。對他們來說，爬高根本易如反掌。他們跨坐在屋頂，抬頭仰望天空，清澈的深色天空中布滿了星星。這片美麗的夜空，是「海淘氣風」送給這座城市的禮物。淡紅色、淡藍色、淡綠色的星星分別發出美麗的色彩，比平時更加明亮。

預感會有好事發生

預感會有好事發生……

星星似乎聽到了琪琪念念有詞的咒語，不時眨著眼睛。

突然，吉吉「唏——」的倒吸了一口氣。

「好像有人在那裡。」

琪琪急忙轉頭一看。

「哪裡？在哪裡？」

吉吉用前爪指著麵包店後方的黑暗處。

由於剛才一直看著明亮的星空，所以一下子無法看清地面的黑影。

「在哪裡？」當琪琪再度問吉吉時，黑影突然跑了起來，消失在房子後方。「那個人……」琪琪忍不住壓低了嗓門說：「……又在打探什麼？」

那天晚上，琪琪小聲的問鑽進被子的吉吉：「吉吉，上次我把胸針送到大象爸爸家裡的時候，蔻蔻是怎麼去的？那個家離這裡很遠，我騎掃帚飛過去。但我前腳剛到，蔻蔻後腳就跟上來了。」

琪琪看著身旁的吉吉問。

「我也不知道。」

吉吉口齒不清的回答。

「怎麼會不知道？你不是和她一起來的嗎？難道你和她是同一陣線的嗎？」
「同一陣線？她是妳的敵人嗎？」
「也不是啦……但我想知道。」
「蔻蔻問我：『要不要去？』我對她『喵嗚』了一聲，她就把我放在她長裙的口袋裡。」
「然後呢？她有飛嗎？」
「我不知道。感覺不像在飛，不過速度很快。中途的時候，我好像暈車了，所以，就什麼都不知道了。」
「你應該好好看清楚嘛。」琪琪著急的說。
「妳太自私了。」吉吉說完便鑽出被子，跳上椅子，把屁股對著琪琪離去。琪琪伸手抓著吉吉的尾巴。
「別這樣，不要把氣出在我頭上。」
吉吉頭也不回的說。

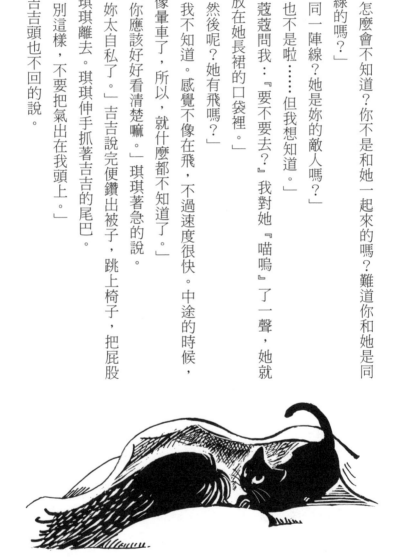

琪琪站在廚房洗午餐的碗盤時，突然豎起了耳朵。

嘰啾嘰啾、嘰啾啾啾。

她聽到清脆的鳥啼聲。好像是剛出生的小鳥在央求什麼。這個季節，竟然還有小鳥出生……琪琪有點納悶的抬起頭，繼續洗碗。

嘎——嘎——嘎——

接著，又傳來了烏鴉的叫聲。難道烏鴉想抓剛才的小鳥嗎？琪琪緊張的從窗戶探出頭。

啪。

門被用力推開，蔻蔻從門外走了進來。

嘎——嘎——

「蔻蔻，原來是妳。」

「嘿嘿嘿，妳上當了、妳上當了。」

蔻蔻指著琪琪，得意的說。

「妳別嚇我。妳學得太像，我都被妳嚇到了。」

聽琪琪這麼說，蔻蔻誇張的愣了一下。

「啊，被妳發現了。好，我坦白，我本來是烏鴉，用魔法變身成一個可愛的小女孩。哈哈哈，真好玩。」

「真是說謊……不打草稿。」琪琪倒著茶，皺了皺鼻子，遞給蔻蔻，「喝杯茶，腦袋清醒一下。」

「不好意思。」

端著熱騰騰的茶，蔻蔻的雙眼笑了起來。她似乎為成功惡作劇感到樂不可支。

*真是個小孩子……*琪琪心想。

蔻蔻喝了一口茶。

「啊哈，太舒服了。那我再學一個給妳聽……很難得聽到喔。」說著，她伸長脖子，發出了聲音。

喳喳喳　哩哩哩

喳喳喳　哩哩哩

「咦？」琪琪瞪大眼睛。「蔻蔻，妳知道這種動物嗎？」

「當然知道，這是『唱歌獸』，對吧？如果我不知道，怎麼模仿得出來？」蔻蔻毫不客氣的說。

「妳去過那個島嗎？是群星群島，那裡很遠，根本沒有船……」

「我和妳的方法不一樣。即使不飛，也可以瞬間移動。」

蔻蔻察覺到琪琪的疑問，調侃的皺著眉頭說。

「喔，我知道了。妳一定是從廣播中聽到的。是嚴太先生錄下了唱歌獸的聲音……」

琪琪回想起那種不可思議的動物「唱歌獸」。在黎明前的一剎那，響徹整座小島的聲音。一開始，唱歌的聲音參差不齊，逐漸融合在一起，彷彿從天而降時，自己好像被融化在清晨的空氣中。

「在夜晚和清晨交界那一刻的祈禱。『喳

喳喳、哩哩哩。』在這裡。」

蔻蔻像「唱歌獸」般用低沉的聲音說道，然後用平靜的視線凝視著遠方。琪琪心頭一震。她一定去過那裡。琪琪觀察著蔻蔻，蔻蔻若無其事的換了一副表情，大聲的說：「琪琪，客人快上門了。」

「找我的嗎？」

「到底是找妳，還是找我的呢……？妳聽、妳聽，有咚、咚、咚的腳步聲。」

蔻蔻偏著頭，豎起耳朵說道。但琪琪什麼都沒聽到，即使從窗戶探頭出去，也沒有看到人影。

「別急、別急。現在還在大馬路上，等一下才會到。我的耳朵很靈，是順風耳。」蔻蔻得意洋洋的說。

不一會兒，蜻蜓他們轉過街角，經過幾乎已經收割完，空空蕩蕩的藥草田，向這裡走來。他們穿著飛行俱樂部的連身白色制服，蜜蜜也跟在後面。

「沒說錯吧？我猜對了。」蔻蔻神氣的點了好幾次頭。

明明是跟他們約好了，卻故意要說得自己很神。

琪琪仔細打量著蔻蔻的臉。

一行人快步走了過來。蔻蔻跳到門前，打開門。

「請進、請進。」好像這裡是她家。

「琪琪，好久不見。最近好嗎？好想再一起爬樹吃巧克力。」

蜻蜓笑著對琪琪說。

「爬樹吃巧克力是什麼？」蔻蔻立刻追問。

「就是吃點心的方法，會特別好吃喔。」

蜻蜓又笑了起來。琪琪也聳了聳肩。

「琪琪，上次的發條式回轉浮遊型竹蜻蜓順利修好了。」蜻蜓神采奕奕的說。

「是嗎？太好了。你找到了嗎？在哪裡找到的？」琪琪問。

「那次在無盡公園，我以為它飛走了，結果蔻蔻幫我找到了，她說在附近撿到的，所以就還給我了。」

「喔？就是那個時候？」

琪琪想起那天黃昏的時候，蔻蔻語帶調侃遠去的背影。

「我好像很受歡迎，竹蜻蜓也喜歡我……呵呵呵。」

蔻蔻低頭看著腳，很神祕的笑了笑。

「真是幫了我的大忙，這麼一來，就不需要重新做一個了。」

蜻蜓說。或許是因為太激動了，他滿頭大汗。

「繞了一大圈，最後還是回到主人手上，這才是真正成功的回轉式！」蔻蔻說道。

「所以，我們也一起加入製作竹蜻蜓，妳知道嗎？」蜜蜜說。

「而且完成了一個很有趣的竹蜻蜓。都是蔻蔻幫的忙，妳看！」

飛行俱樂部成員打開手上的紙袋，把裡面的竹蜻蜓展示給琪琪看。

「蔻蔻，妳要認真一點，我們一直很期待耶。」

「那當然，我們不是約好了，要和竹蜻蜓上次一樣，去無盡公園試飛嗎？」

「蔻蔻，快走吧，我已經等不及了。」蜜蜜說。

「去啊，當然要去。我才沒有忘記呢！」

蔻蔻背上背包，做好出門的準備，琪琪一直看著她。

「琪琪，妳也會來吧？」蜜蜜問。

琪琪很羨慕蜜蜜可以輕鬆的和其他人打成一片，怯生生的說：「我沒時間……」

蔻蔻擋在蜜蜜和琪琪之間，說：「對啊，琪琪自己會飛，對這個沒興趣。我們只不過是設法讓竹蜻蜓飛起來，就是玩玩而已。」

「設法讓竹蜻蜓飛起來，蔻蔻，妳說話真有意思。」飛行俱樂部的男生說。

「沒問題，琪琪，一起去吧，我想讓妳看看。」

蜻蜓向琪琪伸出手。

「好，那我也加入吧。」

琪琪頓時露出興奮的表情。

「快一點啦。」

門外傳來蔻蔻的聲音。

「吉吉，你也去嗎？」

琪琪的心早就飛到無盡公園，轉頭問正大步跟上來的吉吉。

這時，電話「鈴鈴鈴鈴、鈴鈴鈴鈴」的響了起來。

「琪琪，別管電話了，我們快走吧。」

蜻蜓拉著琪琪的手。琪琪說：「好啊。」

但轉念一想，又喃喃的說：「不，還是不行。」便走過去接了電話。

「琪琪。」

電話裡傳來一個慌張的聲音。

「我想請妳幫個忙。我是海港市場的阿鑫，妳知道吧？」

「知道。」

就是吉吉喜歡的那個阿鑫。琪琪心想。

「請妳幫忙送魚網給正在海上的漁船。」

「海上？魚網？」

「對、對。他們捕了很多魚，結果魚網破了。他們說，要用最快的速度，送一個

超級大魚網過去。這種事只有魔女才能做到呀。」

阿鑫的聲音不只在拜託，還有不容拒絕的急迫。

「好，我知道了。」

琪琪有點失望，但努力擠出很有精神的聲音。

「不好意思啊。」

阿鑫鬆了一口氣，掛斷電話。

琪琪放下電話，對等在門外的人說：「我要去工作了。」

「啊？為什麼？」

蜻蜓急忙走了回來。

「有人託我送東西。我會盡快完成工作。結束後，我會馬上趕過去的。」

「真遺憾。那，我們在那裡等妳。」蜜蜜說。

琪琪對貼心跟在她身後的吉吉說：「吉吉，你和大家一起去吧。我等一下也會去。」

「不好意思啊。」

聽到吉吉說了和阿鑫相同的話，琪琪不禁竊笑，同時也覺得渾身充滿幹勁。

阿鑫站在海港內等待著琪琪，他的身旁放了一張巨大的魚網。

「太好了。不好意思，突然拜託妳，一定打亂了妳原本的行程吧？」

「對啊，我原本可是有很重要的事喔。但既然是阿鑫先生開口，我怎麼好意思拒絕？你那麼疼我們家吉吉，牠說你常抓著牠的脖子甩一甩，肩膀痠痛一下子就好了、真是個自大的傢伙。」

「哈哈哈，是嗎？吉吉真的很可愛。對了，可不可以請妳趕快送過去？他們捕到了很多魚，可不能讓魚跑了。那裡有點遠，妳一直往南飛，就可以看到一艘白色的小漁船。妳把魚網丟下去，只要丟下去就好，拜託妳了。」

「我知道了。」

琪琪在阿鑫的協助下，把捆綁魚網的繩子掛在掃帚柄上。魚網很重，琪琪剛要起飛，就「噗咚」一聲沉了下去；琪琪再度起飛，又「噗咚」沉了下去。琪琪把魚網拖到碼頭角落，才好不容易飛了起來。飛到空中時，才發現海面上的風很大，由於掛在前面的魚網太重了，掃帚在空中不停的打轉。

「簡直成了竹蜻蜓。」

琪琪不經意的說出「竹蜻蜓」三個字，有一種哭笑不得的感覺。琪琪為了怕被風吹走，用力握著掃帚柄，才能維持穩定的飛行。她飛上高空時，發現整座城市變得好小，宛如在看地圖。琪琪低著頭，看著向克里克灣突出的無盡公園。午後的陽光下，看起來只有巴掌大的公園裡，攀爬架閃閃發光。

琪琪自言自語道：「我只有這個能耐，飛行的時候，就會令我感到安心……」

克里克城漸漸遠去，只看到一片茫茫大海。海面微微起伏，在陽光的照射下，好像破碎的鏡子不停反射著光芒，感覺格外刺眼，根本看不到哪裡有船隻。

「吉吉，你有看到嗎？」

琪琪說完，不由自主的轉頭看著後方。

啊，對了，吉吉不在。

「哼。」琪琪有點生氣的嘆了一口氣。

遠處傳來海鷗的聲音。琪琪瞇起眼睛，看到所有海鷗都向某個地方聚集，時高時

低的飛著。琪琪急忙降落，在海鷗聚集的下方，看到一艘船。一艘白色的船。琪琪繼續往下降落。

「啊，來了，終於送來了。」

船上響起叫聲。琪琪探出身體，發現船的周圍有許多白色泡沫，魚群在海水中泛著銀光。

「魔女小——姐，等、等一下，妳就停在那裡，停在那裡。」

船長和漁夫站在小漁船的甲板上，不停向琪琪揮手。琪琪也向他們揮手。

「魔女小——姐，可不可以順便拜託妳一件事？妳不要下來，就在那個高度——按照我們的指示，打——開魚網。」船長用手做成喇叭的形狀，大聲叫著，「妳盡可能在飛的時候繞——圈圈，打開魚網上的結，張開魚網——對、對，然後，加——快速度，打轉、打轉。要打——開魚網。對、對、對，聽好了，用力把魚網撒下來！就可以大豐收！」

琪琪搞不清楚到底是怎麼回事，只好聽船長的命令，打開魚網的結，快速飛了起來，打開魚網。魚網鬆開了，像女人的裙子般，掛在琪琪掃帚柄上的繩子下方，鋪天

蓋地的撒向大海。

沒想到，魚網除了魚以外，連船和在船頭飛的海鷗都網了進去。

「怎麼會這樣？」船長在魚網內大驚失色的抬頭，「我沒叫妳連船也網住啊！」

「但是，真的是大豐收、大豐收耶！」

漁夫們在魚網中興奮的大叫著。

「咦？大家都被我裝進魚網了，怎麼辦？」

琪琪差一點被魚網拉了下去，大聲驚叫起來。

「哇！真傷腦筋。」船長抬著頭，不停摸著下巴。

「不如這樣吧。魔女小姐，可不可以請妳拉我們回漁港？拜託囉！」

「怎麼可能？」琪琪大叫起來。

船長也叫著回答：「我會打開船的引擎，慢慢向前進。拜託妳囉！」

船長既然都這麼說了，當然無法拒絕。如果琪琪鬆開魚網，整張魚網都會壓在船上，根本無法動彈。原本希望可以盡快結束，還來得及去蜻蜓他們那裡……琪琪嘟起了嘴，但很快克制了焦急的心情，慢慢的、慢慢的拉著魚網飛向海港。海鷗和魚也跟著魚網一起前進。

到了漁港後，騷動仍然沒有停止。漁夫們小心翼翼的把船從像鳥籠般的魚網中拉了出來。然後，輕輕的撈起魚，裝進箱子裡。最後，打開整張魚網，讓海鷗飛了出去。琪琪的工作終於大功告成。

真的是大豐收。

許多魚店的人紛紛聚集，魚貨一批又一批賣了出去。那些海鷗明明已經被放走了，卻仍然大聲叫著飛回來，在附近盤旋，物色漏網之魚。

「魔女小姐，妳的工作每次都完成得可圈可點，太出色了！」

船長黝黑的臉笑得扭成一團。阿鑫用力拍了一下琪琪的背。

「這都是妳的功勞。」然後拿了一個裝了魚的籃子放在琪琪手上，「對了、對了，今天就用一尾特大的魚作為謝禮。另外，再附送一條小魚，給妳的搭檔貓咪。」籃子裡的魚很有活力的甩著魚尾巴。

「阿鑫先生，我累壞了，真希望可以像吉吉一樣，讓你抓著我的脖子甩一甩。」

琪琪仰望著阿鑫笑道。

天色暗了。

琪琪抱著籃子逕自回家。打開門，發現蔻蔻盤腿坐在椅子上，吉吉舒服的躺在蔻蔻的腿上睡覺。吉吉發現琪琪回來，立刻跳了下來，裝出欣喜若狂的表情跑來跑去，說：「哇，有魚、有魚耶。今天要吃大餐了！」

蔻蔻走過來，伸長脖子看了看籃子，然後揚起鼻子。

「這就是妳今天拿到的謝禮嗎？好腥！」

「這是剛捕到的魚，還活蹦亂跳的。竹蜻蜓怎麼樣了？飛起來了嗎？還順利嗎？」

琪琪問。

「嗯，非常成功。」

蔻蔻嫣然一笑。

「怎樣成功？」

「就飛起來了。」

蔻蔻表情嚴肅的說。

「然後呢？」

「就這樣而已。」

那天晚上，琪琪又在被子裡問吉吉：「你告訴我，結果到底怎麼樣？竹蜻蜓飛起來了嗎？」

「嗯，真的好厲害，很會飛。噗的一下飛了起來，然後又啪答啪答的往上飛，一下子又停在半空中。蜻蜓的發條式什麼的好像旋渦一樣飛了起來，然後又停在半空中，最後真的飛回蜻蜓手上。實在帥呆了，就像是乖乖聽話的貓咪。嘿嘿嘿。大家都很驚訝，因為事先都沒有想到會這麼成功。大家都說，好像吹起了魔法風。」

「蔻蔻做了什麼？」
「沒做什麼，就站在旁邊。」
「就這樣而已？」
「她好像豎著大拇指。」吉吉說著，抬頭看著琪琪，又補充說：「大家都好高興，還一起跳了舞。在公園裡嘎、嘎叫著，一起跳烏鴉舞。」
那天晚上，琪琪久久無法入睡。
「不會吧……」琪琪在嘴裡念著，然而無論怎麼否定，仍然無法阻止腦海中的想法。
阿鑫的電話，該不會是蔻蔻為了阻止我去，故意搞的鬼吧……？

10 河邊散步禮堂

這一個星期以來，琪琪覺得人們的舉止都很怪異。在路上遇到時，有人會特地跑到琪琪面前，誇張的打招呼，或是故意裝成很熱絡的樣子。有些人和琪琪擦肩而過後，還不時回頭看琪琪，悄悄咬耳朵。這和琪琪初來乍到這座城市時的感覺差不多。

好奇怪，到底怎麼了……

今天琪琪一早起床後，就跑到麵包店幫忙。早晨的上班時間，有許多客人會上門買麵包當作早餐。最近，客人的人數好像突然增加了。琪琪鑽進櫃檯，像往常一樣站在裡頭。這時有人看到琪琪的臉，竊竊私語，店裡的氣氛頓時變得很詭異。

「妳每天工作都好認真。」一名大嬸說。

「一路走來，始終如一，這很好啊。」旁邊的人也點頭稱是。

「古喬爵麵包店的生意愈來愈好。」另一個人又說道。

「是，託各位的福。」琪琪笑著回答。最近，這種稀鬆平常的對話似乎也變了調。

總覺得他們有點裝模作樣。琪琪心想。

工作告一個段落後，索娜太太才有空說說話。

「我們的店愈來愈熱鬧了，真是感恩啊。客人愈來愈多，氣球麵包也賣得很好。」

索娜太太滿心喜悅的說道，但隨即又露出擔心的神情看著琪琪說：「大家都是好朋友喔。」

「對，那當然。但是，到底發生什麼事了？」

琪琪鼓起勇氣問道。

「咦？琪琪，妳不知道嗎？不會吧……」

「發生什麼事了？」

琪琪突然不安起來。

「蔻蔻那孩子果然很特別。上次，飛行俱樂部的竹蜻蜓……不是飛起來了嗎？而且聽說飛的方式非常奇特。所有看到的人都覺得難以置信，宛如吹起了一陣魔法風。如今，整座城市都已經傳開了。」

索娜太太說得太激動了，用力喘著氣。

「我聽說竹蜻蜓飛起來的事，但沒有親眼看到。那時候，我去克里克灣送東西了。」

「哇，那太遺憾了。不過，這座城市裡有妳，還有蔻蔻，讓我覺得好興奮。」

索娜太太像跳舞般搖晃著身體。

「琪琪，電話。」

蔻蔻打開窗戶，搖著電話大叫著。

琪琪急忙跑了過去，接起電話，突然聽到電話裡傳來「啊咳」的咳嗽聲。

「琪琪嗎？我是市長，這座城市在歲末的馬拉松賽和許多地方，都讓妳貢獻了很多心力。」

「沒有啦。好久不見。」

「對了，剛才接電話的，就是讓大家議論紛紛的神奇少女嗎？」

「啊？」

琪琪忍不住回頭看著蔻蔻。蔻蔻正甩著手，經過琪琪的身邊，走了出去。

「你是說蔻蔻嗎……？」

「對、對，聽說是妳的朋友。我聽市公所的人說，她和妳一樣，也有神奇的力量，在克里克城很受好評。我真是運氣太好了，只要有妳和蔻蔻，這座城市就可以做出一番大事業。」

「什麼大事業？」

「當然要拜託妳們囉……我已經想好了廣告詞。『想見識一下魔法嗎？歡迎來克里克城』……妳覺得怎麼樣？上次，妳為我們帶來了新年；這一次，妳們又要帶來什麼呢？」

「這……怎麼可能？」

琪琪被嚇到了，對著電話拚命搖頭。

「好了、好了，別謙虛了。」

市長說完，就掛斷了電話。琪琪看著手上的電話發呆。咚咚咚咚，這時傳來有人敲門的聲音。琪琪急忙去開門，原來是嚴太先生——就是之前錄下了「唱歌獸」的聲音，專門尋找稀奇事物的發現家嚴太先生。他胸前掛了一臺大照相機站在門口。

「好久不見。」

看到稀客上門，琪琪訝異的張大了眼睛。

「可不可以讓我拍妳們兩位的合照？是報社派我來的。」嚴太先生滿臉歉意的說。

「照片……要拍蔻蔻嗎？」

「還有妳。一座城市竟然同時有兩位神奇的魔女，這不是很稀奇嗎？」嚴太先生點著頭說。

那天晚上，蔻蔻很晚才回來。琪琪把大家都在討論的事告訴了她。

「蔻蔻，人們往往會以訛傳訛、誇大其辭。我覺得，我們不能驕傲。」

琪琪盡可能用平靜的口吻補充道。但蔻蔻似乎根本沒有聽到琪琪的話，突然激動的大聲問道：「真的嗎？啊哈哈哈。難怪、難怪。」她已經完全沉醉在自己的世界裡。「我好像突然大受歡迎了。真傷腦筋。很多女孩子都跑到我面前，問我的辮子是怎麼綁的，說她們也想學。」

蔻蔻拉下綁在頭髮上的橡皮圈，用雙手撥著頭髮，把頭髮弄得更蓬鬆了。

「怎麼樣？我就來帶動這個髮型吧，只要我梳了，大家都會模仿。那些男生該怎麼辦？他們老是跟在我身後。我要嚇嚇他們。」蔻蔻在鏡子前吐出舌頭，看著自己的臉，又繼續說道：「這裡的人好像喜歡上我了，我也覺得心情很愉快……」

「蔻蔻，」琪琪不由得大叫起來，「妳打算一直住在這裡嗎？」

「當然。只要我豎起大拇指，一切都輕而易舉，保證別人嚇得目瞪口呆。」

蔻蔻嘻嘻笑著，轉了一個身，哼的揚起下巴。即使她的身體停了下來，她的裙子仍然搖晃著。

「妳的大拇指有魔法嗎？」

琪琪往後退了一步，露出驚訝的眼神。

「不知道。但大家都這麼說，所以應該有吧。而且，這好像比較符合大家的期待。」

「這麼說，妳是魔女嗎？」

「我也不知道。但只要我說自己是魔女，就可以變成魔女，對吧？妳不也是這樣嗎？所以，只要敢說，就沒有問題了。」

蔻蔻的語氣愈來愈不客氣。

「但是，是不是魔女……取決於身體裡有沒有流著魔女的血液。」

琪琪也不甘示弱。

「是因為妳媽這麼說嗎？她不也是口說無憑嗎？如果沒有媽媽，該怎麼辦？」

「但是，我能夠飛，是因為身體裡流著魔女的血……」

「那妳給我看，什麼是魔女的血啊？難道顏色不一樣嗎？」

「……因為，就是這樣規定的。」

「不就是自己規定的嗎？其實，只是為了炫耀自己，為心靈穿上盔甲。」

「盔甲……？」

琪琪皺著眉頭。

「對，就是緊身馬甲……」蔻蔻氣鼓鼓的說完，覺得自己的話很好笑，突然笑了起來。「為什麼我不行？為什麼？大家不是都很高興嗎？即使琪琪的好朋友蜻蜓，也高興得跳了起來。嘴裡歡呼著，飛起來了、飛起來了，又飛回來了。妳看，今天他還送我這個，妳看。」

蔻蔻回到自己的房間，拿出一個四方形的紙袋，從裡面拿出一張照片。照片上是拿著竹蜻蜓的蜻蜓和蔻蔻，後方是一望無際的天空和海洋。

「再看這裡。」

蔻蔻翻過照片。上面寫著：

飛回我手上的竹蜻蜓。

致　給了我很多建議的蔻蔻，紀念這成功的一天。

蜻蜓

「真好。」

琪琪努力使自己表現得很大方，但她用力握著拳頭，指甲都刺進了肉裡。

第二天，琪琪從外面回來時，發現信箱裡有一封信，是寄給「魔女琪琪小姐」的，翻過信封，發現寄信人是「高嘉美．卡拉小姐」。

「哇，是卡拉小姐的信！」

琪琪忍不住歡呼起來，拆開信封。原來是曾經嘆息再也無法引吭高歌的歌手——高嘉美．卡拉小姐。

琪琪小姐，好久不見！託妳的福，我已經重新站起來了。身材比以前稍微苗條一點，也開始創作歌曲。這一次，我將舉行重返歌壇的第一場演唱會。我的狀態已經完全恢復了，但這次只是一場小型的演唱會，目前我正全力投入準備工作。所以，我想邀請妳——這位讓我重新振作的功臣來聽我的演唱會。

★高嘉美・卡拉演唱會★

日期　八月三十一日　下午五點

地點　河邊散步禮堂

附贈一杯飲料

琪琪，送妳兩張入場券，妳可以邀請好朋友，兩個人一起來參加。

很期待看到妳。

琪琪拿著信，興奮得跳了起來。這封信太令人高興了。

我一定、一定要去。要和好朋友一起去！八月三十一日就是後天。琪琪突然緊張的四處張望。這件事絕對不能讓任何人知道。而且，絕對、絕對要度過一個美好的夜晚。我要自己準備，不會讓任何人來搗蛋。首先，要打扮得漂漂亮亮的。琪琪抓起自己的裙子看了看。還是要穿黑色嗎？即使是黑色，也可以有很漂亮的款式。不、不，在這麼重要的場合，乾脆不要穿黑色。

琪琪似乎下了決心，她眼睛一亮，拿起小凳子，伸長脖子，在架子上尋找著。

然後，從最裡面拿出一個餅乾盒。餅乾盒發出哐噹哐噹的聲音。琪琪馬上一動也不動的把餅乾盒緊緊抱在胸前，小聲的「嘿咻」一聲，打開了蓋子。裡面放滿了發出微光的硬幣，以及上次那個奇怪的男人給她的那張紙鈔。

「有錢的聲音。」

吉吉不知道從哪裡跑了出來。

「噓！」

琪琪看著蔻蔻的房間。

「妳、妳要拿錢做什麼？」

「當然是用啊。」

琪琪把頭轉到一旁，不讓吉吉看到她的臉。

「這是我們一起慢慢存起來的錢，不是說要用來買禮物，送給可琪莉夫人和歐其諾先生嗎？」

「我們的錢？這是我的錢。」

琪琪說著，把手伸進餅乾盒，抓起錢，一次又一次裝進手提袋裡。吉吉目瞪口呆的看著琪琪，露出難以置信的表情。

「我要買一雙高跟鞋，還要去美容院梳一個漂亮髮型……」

琪琪興奮的進行著準備工作。

鈴鈴鈴鈴、鈴鈴鈴鈴。

電話響了。

「我不在家。」琪琪對著電話的方向說，但仍然響個不停。琪琪拿起電話，用很嚴肅的聲音說：「魔女宅急便今天休息。明天也休息。」

「呃？」

吉吉驚訝的跳了起來，開始打嗝。迄今為止，魔女宅急便從來沒有休息過，即使感冒發高燒，琪琪都堅持開店工作。

琪琪背著裝滿錢的袋子，邁著輕快的步伐出門了，甚至連「我出門了」的招呼也沒跟吉吉說。

琪琪在熱鬧的大街上走來走去，朝商店的櫥窗裡張望著。

「啊！那雙鞋子！」

那是一雙皮質很亮的柿子色高跟鞋，還有一條細帶子，可以扣住旁邊的釦子。琪琪在店員的協助下，穿上了那雙鞋，覺得自己好像變成了大明星。

「我要買這雙。」

琪琪很快做出了決定。接著，她去了化妝品店，買了鮮紅的指甲油和紫丁香味道的香水。之後，她走進燈光閃爍、令人眼睛為之一亮的商店。

「我想買搭配這雙鞋子的洋裝。」

「哇噢，妳的搭配真有品味。」

店員拿出一件淡橘色的小禮服，與之前卡拉小姐那件飄逸的禮服有幾分相似。

「這叫作夢幻色，是今年的流行色。」

「我、我要買這件。」

琪琪連說話的聲音都變了。

「魔女小姐竟然買色彩明亮的小禮服，真是很難得。該不會是……交到了知心的

好朋友……？」店員笑著問。

「啊，沒……沒有啦。」

琪琪說著，差點腳下不穩。

「好好享受這個年紀吧。」

店員又笑了笑。琪琪覺得有一種悸動的感覺。

買了洋裝後，琪琪的口袋裡只剩下一點點錢了。然而，琪琪卻毫不在意。當她拎了好幾個購物袋走在街上時，覺得自己好幸福。

回到家裡，琪琪趕緊關上門，拿出自己新買的東西。

「琪琪，妳要穿這件嗎？魔女不是規定只能穿黑色中的黑色嗎？」

吉吉繞著她打轉，聞著她的氣味問道。

「但是，這種規定也該改改了。」琪琪說。

「咦？這不是蔻蔻常說的話嗎？」

「你說話怎麼可以這麼沒禮貌。我是我，就像吉吉是吉吉。」琪琪的雙眼發亮，小聲卻咬牙切齒的嘀咕說：「我才不能輸給她。」

「不能輸給誰?」吉吉再度驚訝的抬起頭,「蔻蔻嗎?她還是小孩子,根本不是妳的對手。」

「誰說是蔻蔻?我不能輸給我自己。」琪琪凶巴巴的回答。

然後,她換上洋裝,穿上高跟鞋,站在鏡子前,重重的嘆了一口氣。鏡子中的自己,真是太美了。

「啊喲,厲害喔。」門突然打開,蔻蔻的聲音傳了進來。原來,剛才出門的蔻蔻回來了。為什麼她老是在這種重要時刻出現?「很漂亮。呵呵呵,我猜……一定有什麼大事。琪琪也這麼破壞規矩,大家就不會都把焦點集中在我身上了,太好了。」

蔻蔻擠出一個燦爛的笑容,走進自己的房間。

那天晚上,琪琪打電話給蜻蜓。

「之前向你提過的高嘉美・卡拉小姐,她要舉辦演唱會了,還送了我兩張門票,叫我邀朋友一起去。我們一起去吧?

一定要去喔。」

「好啊。」蜻蜓說。

「就這樣嗎？你真的想去嗎？」

「當然。怎麼了？妳上氣不接下氣，好像很喘的樣子，還好嗎？」蜻蜓說。

琪琪覺得很掃興，自己這麼興奮，蜻蜓應該更高興才對。這和平時的語氣沒什麼兩樣嘛。琪琪生氣的掛了電話。

這時，她「啊」的一聲叫了出來。自己的錢所剩不多，不能去美容院，也沒錢買花送給卡拉小姐了。琪琪忍不住哭喪著臉。

第二天，琪琪一大清早就站在鏡子前。**我要自己弄頭髮了。先綁一綁，再盤起來……還是綁在後面……**琪琪在鏡子前照個不停，但是，一定要波浪鬈的髮型，才適合這件洋裝。

鈴鈴鈴鈴、鈴鈴鈴鈴。

電話響了。

琪琪轉過頭，說：「今天公休。」但鈴聲還是響個不停。琪琪突然想到什麼似的，抬起頭，接起了電話。
「請問是魔女宅急便嗎？」
「是。」
「可不可以請妳盡快送雞湯給我爺爺？爺爺感冒了，躺在床上。」
「好，我知道了。但是……呃……」琪琪說到一半，用力吸了一口氣。「請問……我能不能收到謝禮？」
「當然，妳想要什麼謝禮？雞湯？還是……」
「呃，可不可以付現金？」
「啊？喔，要多少錢？」
電話裡，傳來驚訝的聲音。
「我想去美容院，但是錢不夠……」
琪琪的聲音愈來愈小。
「沒問題。我家在野桐街二號。我爺爺家是山茶花街十三號。很榮幸能夠為魔女小姐的美麗出一點力。」

真正高興的是琪琪。她對著電話鞠了個躬。

琪琪一邊哼著歌，一邊準備出門。吉吉抬頭看著琪琪，在她身邊繞圈子。

「妳應該會帶我去吧？」

「對不起，今天晚上不行。」

「為什麼？」

「因為邀請函上寫，要我和好朋友一起去。」

「我不是妳的好朋友嗎？」

「信上寫兩個人啊。」

「有寫貓不可以去嗎？」吉吉瞪大了眼睛，「因為、因為，卡拉小姐一定會唱為我創作的歌，如果我不在場，不是很失禮嗎？」

琪琪彎下腰，雙手捧著吉吉的臉。

「但是，今天是特別的日子，不可以帶你去。對不起。」

傍晚的時候，琪琪悄悄溜出家門。她用一枝野玫瑰代替花束，準備送給卡拉小姐。她打扮得漂漂亮亮的，但絕對不

能讓索娜太太知道，更不能被蔻蔻發現。吉吉露出困惑的表情。

「頭髮鬈鬈的，衣服飄飄的。魔女打扮成芭比娃娃的樣子，沒有問題嗎……？」

然而，事到如今，不管別人說什麼，琪琪都已經聽不進去了。

河邊散步禮堂前，已經人滿為患。蜻蜓似乎還沒到。琪琪決定站在離門口稍遠的地方等，人們經過時，發現是琪琪，無不瞪大了眼睛，露出微笑。也有人輕聲的說：

「好漂亮。」琪琪害羞的縮起脖子。

蜻蜓像往常一樣，身體微微前傾，邁著大步走了過來。琪琪站在原地，假裝沒有看到他。她希望蜻蜓來找她，想讓蜻蜓大吃一驚。但蜻蜓傻傻的四處張望著。

他沒有發現我。琪琪害羞的縮起肩膀，笑著走了過去。沒想到，蜻蜓突然走向相反的方向。在對面向他招手的，不正是蔻蔻嗎？琪琪突然停下腳步，身體差點往前倒。**又是蔻蔻**。

蜻蜓和蔻蔻見了面，聊了起來。

「哈，蜻蜓，你也來了？」

「蔻蔻妳也來了。我等了很久，琪琪好像還沒來。」

「啊哈哈哈，」蔻蔻突然放聲大笑起來，「噢，原來是這麼回事。難怪她忙了半天。」蔻蔻東張西望，終於發現了琪琪，「啊，她來了。琪琪，在這裡。」

「啊？」

這次，輪到蜻蜓瞪大了眼睛。琪琪無奈的走向他們。

「很奇怪嗎？」

琪琪抬起眼睛，看著蜻蜓問道。

「不會，很漂亮……可是和平時不太一樣……」

蜻蜓也手足無措起來。

「走吧，演唱會快開始了。我很喜歡卡拉小姐的歌。」蔻蔻說。

「蔻蔻，妳也要去嗎？」琪琪好不容易才用沙啞的聲音問道。

「啊，我知道，妳不喜歡我當電燈泡。好

吧，再見。」

蔻蔻二話不說，就走開了。

演唱會開始了。琪琪和蜻蜓直直的坐在那裡，一句話也沒說。卡拉小姐輕輕走了出來，身材比之前苗條了一些，眼睛看起來比之前更圓了。才這麼短的時間，她已經恢復了平靜，展現出成熟、自信。

「各位觀眾，好久不見了。今天，我將深情的為大家歌唱，請各位看看全新的我。」

卡拉小姐開始唱了起來。

走在這條街上　啊哈哈

配合腳步聲　啊哈哈

可不可以和你一起走　啊哈哈
一起走向遠方閃爍的城市　啊哈哈

演唱會由之前紅極一時的歌曲拉開了序幕。卡拉小姐的歌聲比之前更溫暖、更滲透人心。每個觀眾都很熟悉這首歌，當她唱到「啊哈哈」的地方時，大家都輕輕搖晃著身體。琪琪也看著蜻蜓，輕輕搖晃著。唱了幾首老歌後，卡拉小姐看了看後臺的方向，說：「接下來，我要為大家介紹我的朋友。我之前忘記邀請……沒想到，牠自己跑來了。現在，我請牠到舞臺上來。來，過來這裡吧。」

卡拉小姐彎下了腰，這時，不知道什麼東西從舞臺的角落跑了出來，撲到卡拉小姐的懷裡。是吉吉。琪琪驚訝的站了起來。卡拉小姐抱起吉吉，放在鋼琴上。

「我遇到這座城市的魔女琪琪小姐和她的貓咪吉吉後，才重新振作起來。在此之前，我過度在意別人的眼光，對自己喪失了信心。其實，我應該先充實自己，變得堅強。所以，我現在要充滿感謝的把這首歌獻給吉吉，以及現在應該坐在觀眾席中的琪琪小姐。先聽聽這首〈黑貓吉吉的嗶嗶嗶〉。」

大家都說貓兒圓
但貓兒的鬍鬚總是直直的
很想第一個向牠打招呼
很想第一個告訴牠
我很喜歡牠
牠的鬍鬚總是直直的
嗶嗶嗶

這是一首節奏歡快的歌。吉吉的耳朵配

合著「嗶嗶嗶」的聲音前後擺動著。當卡拉小姐唱完時，恭敬的向吉吉鞠了個躬。然後，小聲的說：「怎麼樣？喜歡嗎？」

吉吉的尾巴又像直升機的螺旋槳般轉了起來。所有觀眾都對吉吉鼓掌。

「接下來，我將用所有的感情，唱最後這首曲子。魔女琪琪小姐、吉吉、克里克城的所有人，謝謝大家。」

卡拉小姐唱了起來。

抱起膝蓋　垂著頭
努力的尋找
看著自己的眼眸
脆弱的你
窗外的風兒吹
也有人向你招著手
笑容就藏在你的心中

演唱的氣氛平和，卻很振奮人心。

「太好了。」蜻蜓說：「琪琪，妳真的太神奇了，竟然可以讓卡拉小姐重新振作起來。」

「沒有啦，我只是告訴她，我很喜歡聽她唱歌。」

琪琪害羞的皺著眉頭。

她說謝謝我……然而，琪琪的快樂心情卻僅此而已。琪琪握著雙手，縮著身體，不想被別人看到。一根小刺刺進了琪琪的心裡，琪琪可以感受到疼痛漸漸擴散。

我這麼大費周章……真的好丟臉……

11 噗嗚噗克大叔

卡拉小姐的演唱會後，琪琪經常唱著卡拉小姐的新歌，鼓勵自己。

窗外的風兒吹
也有人向你招著手

琪琪希望可以恢復之前的活力，她告訴自己：「不要受蔻蔻的影響，她早晚會離開，我必須靠自己。」

琪琪難得花這麼多時間整理藥草田。沙沙、沙沙的泥土聲，好像在輕聲呢喃：明年見，明年見。十月的時候，就要取下沒有收割的藥草上結的種子，然後收藏在漆黑的地方。

不久之後，蜻蜓就要去遠方求學了。琪琪在整理藥草田的同時，思考著蜻蜓即將出發的事。

電話響了。琪琪衝進家裡，急忙拿起電話，電話傳來一聲沙啞的聲音。

「救命！」那個聲音似乎在哭。「我的小狗不見了。要是牠不在了……要是牠……魔女小姐，請妳一定要幫我找到牠。」

「好，我會盡可能幫忙。如果是小狗走失，應該不難找，沒問題的。你不要擔心。」琪琪試著慢慢安慰他，努力使對方的心情平靜下來。「我馬上就趕過去，你有小狗的照片嗎？如果有的話，請給我看一下。」

「有、我有。請妳馬上過來。我就在路邊，我都在向日葵街的百貨公司前吹口琴。」

「喔，我知道。你現在也在那裡嗎？我馬上就過去。等我一下下。」

琪琪拿下掃帚，心想：原來是噗嗚噗克大叔。

「吉吉，趕快起床，我可能需要借助你的動物直覺。」琪琪對正在床上睡得十分香甜的吉吉說，吉吉睡眼惺忪的跳了起來，立刻走向蔻蔻房間的方向，「不是那裡，是這裡，趕快！」

琪琪打開門，騎上掃帚，吉吉打著呵欠，吹了聲「對不起」，跳了上來。一想到有人這樣拚命求助，琪琪的心裡就格外難過。

琪琪在向日葵街的百貨公司前降落，看到噗嗚噗克大叔正抱著裝布偶的籃子，心神不寧的翹首等待著。當他發現琪琪，回過頭時，乾澀的臉上，一雙哭腫的眼睛噙著淚水。

「就是這孩子。」

大叔從縫著補釘的口袋裡拿出一張皺巴巴的照片。照片中正是他現在手上抱著的籃子，裡頭有三隻布偶相互依偎著。

「呃，是哪一個？」

琪琪說著，看著大叔抱著的籃子。裡面只剩下小熊和兔子兩隻布偶。有一塊毛線編織的毛皮揉成一團，丟在一旁。

「不見的是狗狗布偶嗎？一定是掉在哪裡了。」琪琪心想，怎麼會這樣？但還是對大叔說：「我之前也掉過布偶，很可能有人撿到後……帶回家了。別擔心，我一定會找到，交還到你的手上。」

琪琪注視著大叔的臉，安慰著他。

「不，牠不是布偶，只是假裝成布偶，幫忙我的生計。」

「什麼？」

琪琪驚叫起來。她想起上次的確看到那隻狗眨了一下眼睛。

「那孩子叫格亞，今年八歲了，雖然很聽話……但一直和我相依為命，根本不了解外面的世界，所以我才這麼擔心。牠長得很可愛，可能被人拐走了。如果被帶上火車，就再也回不來了。」

噗嗚噗克大叔眨著眼，求助似的看著琪琪。

「我一定幫你找到，千萬不能輕易放棄。」琪琪說：「我馬上去找，你就放心在這裡等我吧。」琪琪抱起吉吉，放在前面，向大叔點了點頭，示意他不用擔心，立刻飛了起來。「吉吉，加油，你是貓，發揮你野性的力量吧。」琪琪摸著吉吉的背說。

琪琪在大街小巷的上空飛來飛去，仔細尋找。

「格亞、格亞。」

琪琪不停呼喚著。吉吉也伸長脖子，圓圓的眼睛瞪得更圓了。只要聽到狗的叫聲，就下去看個究竟。

天色暗了，他們仍然沒有放棄尋找。當天空變得一片漆黑後，他們不再飛行，而是走在街上，找遍每一條小巷。當夜深人靜，聽不到狗的叫聲時，琪琪和吉吉才拖著疲憊的身體回家。

「吉吉，我們明天再找。你也累了，眼睛都睜不開了。」

「琪琪，妳的眼睛也瞇成一條線，快要閉上了。對了，我們來試試我在貓的聚會時學到的貓眼操吧。」吉吉說。

「吉吉，你今天真體貼。」

「因為格亞好可憐，假裝布偶很辛苦。」

琪琪想起剛來這座城市時，吉吉也曾經假扮成布偶，協助琪琪的工作。

「希望可以趕快找到牠的下落。」

琪琪回想起當時的情景。

「好，貓眼操開始囉。」

看著黑夜的眼睛
張大眼睛看著黑夜
心也深深的平靜下來

「要唱三遍，然後眼睛要右、左、右、左的活動喲。明天一定可以恢復活力。不過，眼睛不是能夠看到就好，聽說『張大眼睛看著黑夜』很重要，是貓也看不到的黑夜遠方喔。明白嗎？」

「嗯。」

琪琪很聽話的點了點頭。

琪琪和吉吉一起向左、向右的做了貓眼操。琪琪一邊做貓眼操，一邊想著《終點之門》那本書。那本書也像是從黑暗的遠方冒出來的。

吉吉躺在床上，發出均勻的呼吸聲。琪琪躡手躡腳的下了床，從架子上拿下書，以免驚動吉吉。然後，就像之前一樣，緩緩滑動著手指，心想著這次不知道能不能打開。突然間，書打開了。在昏暗的燈光下，看到上面寫著這幾個字。

配合叫聲，傳入雲霄的聲音

這次的內容還是很令人費解。

配合叫聲？到底要和什麼配合呢？傳入雲霄……難道要飛得更高，大聲的呼喊格亞嗎？

琪琪闔上書本，苦苦思索著。這時，蔻蔻從房間裡走了出來，伸了一個懶腰。

「琪琪，妳在找小狗嗎？真辛苦。不過，這很簡單啦。」說完，她聳了聳肩，哼著歌，又回自己的房間了。琪琪覺得凡事都想插一手的蔻蔻，就像那本會不時突然打開的書一樣。

第二天早晨，琪琪和吉吉一起去了動物園。因為琪琪認為，飼養員瑪瑪應該了解走失的狗的心情和行為。之前，河馬馬爾可因為尾巴被咬掉、而出現中心點不知去向病時，也是瑪瑪發現的。

「我猜，格亞應該得了『裝乖貓病』。不只有貓會得這種病，假裝乖巧久了，狗和人都會生這種病……」瑪瑪說：「噗嗚噗克先生可能太依賴格亞了，格亞擔心自己會辜負他的期待，結果就生病了。因為牠為了報答飼主，都一直保持乖乖的，而且也希望自己一直都很聽話。牠太累了。因為這種原因離家出走很傷腦筋。雖然不想離開心愛的人，還是壓抑不住的逃開了。格亞一定是太疲累了，才會自暴自棄，不告而別。」

「沒有藥可以治嗎？」

「藥？很遺憾，沒有這種藥。但只要能夠了解格亞內心真正的想法……」

「牠真正的想法到底是什麼？」

琪琪突然想起《終點之門》。

「這要讓格亞自己體會……我也搞不清到底是什麼。」

瑪瑪滿臉歉意的皺了皺眉頭。

「我會試一試，絕對不會輕易放棄。」琪琪說：「聽妳這麼一說，我更想見到格亞了。我似乎可以了解牠的心情。」

和瑪瑪分手後，吉吉一邊走，一邊對琪琪說：「我明白了，其實，格亞不能只為噗嗚噗克大叔著想。只要想著自己是一隻特別的狗，心情就會輕鬆多了……」

「吉吉，本來就是這樣啊，你不要故意說得這麼複雜。」

琪琪瞥了吉吉一眼。

「如果沒有體會過寂寞，就無法懂得這個道理。」

吉吉模仿大人的口吻說。

琪琪正站在這座城市的最高點——鐘塔的上方。陽光從上方照射著鐘塔，在地面投下一小片陰影。由於剛好是正午時間，鐘塔前的廣場和馬路上都擠滿了人潮。琪琪絲毫不敢大意，仔細搜尋著每一條路。

「咦？那不是琪琪嗎？」

琪琪回頭看著聲音的方向，發現從下面窗戶探頭張望的，正是負責維修這座鐘塔的鐘錶店老闆。

「我要來敲正午的鐘聲了，聲音很大，妳要是在這裡，耳朵會被震聾啦。」

「哇，那可不得了。」

琪琪站起來，正想騎上掃帚，突然停了下來。

她想起了《終點之門》中，「配合叫聲，傳入雲霄的聲音」那句話。

「這裡的鐘聲有規定嗎？」

「對，因為是十二點，所以要敲十二下。」

「呃，不能改變嗎？」

「為什麼要改變？」鐘錶店老闆問。

「可不可以改成輕快的聲音？我在找一隻走失的小狗……我在想，牠聽到有趣的聲音，或許會出來。」

「喔，原來是小狗。讓小狗覺得有趣的聲音……不知道能不能辦到。」

「市長先生會不會生氣？」

「應該不會有問題，因為妳幫過他很多忙。好，那就來試試有趣的聲音吧。不過，你們要先把耳朵摀起來。」

老闆說著，撲上前拉著大鐘的繩子，身體像跳舞般跳躍著，敲響了大鐘。

哐啷噹　哐啷噹
哐啷噹　哐啷噹　哐啷噹
哐啷噹　哐啷噹

鐘聲響徹整個克里克城。街上的行人紛紛抬起頭，露出愕然的表情。甚至有人指著大鐘，隨著鐘聲輕快的手舞足蹈起來。人們紛紛聚集在下面的廣場，個個神情愉快的搖晃身體。然而，聚集的只有人類，不見狗的身影。

「不行，這種方法不行。」鐘錶店老闆說。

「我們已經盡力了。老闆，對不起，讓你為難了。我再去找找看。」

琪琪垂頭喪氣的說。我原本以為是配合鐘聲，難道是我會錯意了……

「該我上場了。」

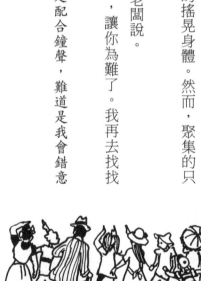

身後突然傳來一個聲音。琪琪大吃一驚，轉頭一看，又是蔻蔻。她不知道是什麼時候出現的，正大大方方的站在屋頂的斜面上。兩根髮辮被風吹得豎了起來。她用手撥了撥頭髮，對琪琪嫣然一笑。

「爬這麼高，真把我累壞了。這座鐘塔高得有點無聊。」蔻蔻故意張大嘴巴，「呼哈、呼哈」的喘著氣。「我也和妳一樣，管起閒事來了。」

蔻蔻對琪琪說。然後張開雙手，用力吸了滿懷的空氣，搖晃著身體，大聲呼叫起來。

汪——嗯　汪——嗯

汪汪　汪——嗯　汪——嗯　汪汪——嗯

原來是狗的叫聲。那是狗獨自在深夜的街頭徘徊時，呼喚同伴的叫聲。聲音拖著長長的尾聲，在房子的牆壁產生了反射，飄到很遠很遠的地方，產生了回音，聲音愈來愈響亮，傳遍了整個克里克城。廣場上的人驚訝的停了下來，頓時，四周一片寧靜。

就在這時，四面八方傳來狗的吠叫。聲音愈來愈大，這裡的小巷、那裡的大街都出現了狗兒的身影。狗兒一邊汪——嗯、汪——嗯的叫著，一邊跑向鐘塔的方向。所有的狗都蹦蹦跳跳的拚命跑著。有的狗拉著鎖鏈，有的扯著狗屋，有的揪著飼主，不計其數的狗兒向廣場聚集。

「太棒了！」蔻蔻大聲叫了起來。

「啊喲！」從窗戶探出頭張望的鐘錶店老闆大叫一聲，一屁股跌坐在地。琪琪抱著渾身顫抖的吉吉，也克制著自己顫抖的身體，騎上掃帚，飛到廣場上。廣場上到處都是狗，好像整座城市的狗都聚集到這裡了。每隻狗都心情愉快的用尾巴和其他狗打招呼，跳來跳去。有一隻狗撥開狗群，鑽過大狗的身體下方，以飛快的速度跑了過來，縱身一跳，撲到從相反方向跑過來的噗嗚噗克大叔身上。

「是格亞！」吉吉叫了起來。

大叔坐在廣場上，用力抱著格亞，把臉埋進牠嬌小的身體裡。

「對不起、對不起，我以後一定認真工作。」噗嗚噗克大叔不停的說。他魁梧的背影顫抖著。琪琪鬆了一口氣，終於放鬆了下來。然而放眼望去，廣場上到處都是狗，耳朵所聽到的，都是狗叫聲。這時，從鐘塔上傳來一聲口哨。

嗶——嗶——

大家回家吧。趕快回家吧。

回自己的家去。嗶嗶——

聽到這個聲音，聚集在廣場上的狗紛紛掉頭，踏上歸途。不一會兒，廣場上只剩下緊緊抱著格亞的噗嗚噗克大叔，以及站在那裡的琪琪和吉吉。周圍看熱鬧的人早就驚訝得說不出話。當他們悄悄回過神時，突然七嘴八舌的議論起來。

「太厲害了。」

「那個孩子是誰？」

「是新來的魔女。」

每句話聽在琪琪的耳裡，都感覺格外刺耳。琪琪抱起吉吉，拿起掃帚離開了。她漫無目的的走著，等到回過神來時，天色已經矇矓，街上也變暗了。

琪琪回到家裡。當她輕輕打開門時，蔻蔻像往常一樣，盤腿坐在椅子上。

「謝謝妳幫了我的忙。」

琪琪說。原本打算說得更大聲，但說出來時，聲音卻變得很小聲、很沙啞。

「還好啦。但是，真好玩、真好玩。」

蔻蔻笑著，搖晃著彎起的大腿。

「蔻蔻，妳什麼都會。」琪琪說。

「對啊，妳可以大大的依賴我。」

蔻蔻又笑了起來。看到這一幕，琪琪一直壓抑在心頭的話竟然脫口而出。

「不是因為我做不到才這麼說……我認為，妳不應該自以為什麼都會。」

蔻蔻突然站了起來。

「不應該？我是真的什麼都會呀。琪琪，妳老是喜歡把應該或是不應該掛在嘴上。」

蔻蔻咆哮著，跺腳走進自己的房間，用力關上了門。

12 終點之門

那天晚上，琪琪的心情久久無法平靜。最近，積在內心的不滿在身體內沸騰。

她在搞破壞，
她在搞破壞。
破壞我最珍惜的，
在克里克城的生活。
吉吉的舉止變得很奇怪，整天心神不寧。

索娜太太也很依賴她。

蜻蜓也想和她做好朋友。

這座城市的人，都是喜新厭舊的輕浮鬼，

然而，蔻蔻為什麼可以隨時面帶笑容，為什麼總是那麼鎮定自若？

琪琪彷彿覺得整個世界都與自己為敵。為了不輸給蔻蔻，琪琪做了許多丟臉的事。她放棄了魔女的自豪和規定，丟下工作、要求別人給她現金、自我陶醉的亂花錢、買豪華奢侈的東西。光是回想起這些，琪琪就恨不得找個地洞鑽進去。

這個十二歲的小女孩在某一天突然出現，害得琪琪的生活完全變了樣。受到蔻蔻的影響，琪琪完全迷失了自我。那個每天充滿活力和朝氣、快快樂樂的琪琪不知道去了哪裡。這半年的時間，簡直就像是一場風暴。今後，到底會有怎樣的發展？

這裡已經不需要我了。

身旁的吉吉已經躲在被子裡睡著了。琪琪突然很想哭。她把枕頭拉了過來，將整個臉埋進枕頭，無聲的哭了起來，肩膀不停的顫抖。

琪琪從來沒有想到，竟然會這麼傷心。

好想就此消失。我再也不想看到自己這麼丟臉。很想結束這一切……

琪琪突然察覺有動靜，用滿是淚水的雙眼看了一眼架上的那本《終點之門》。琪琪光著腳踩在地上，躡手躡腳的走了過去。她出其不意的快速拿起那本書，書好像早就等待這一刻，迫不及待的打開了。

琪琪走到窗戶旁，藉著月光，尋找著書上的文字。書上的字斷斷續續，但是，書上寫了這樣的內容。

妳打開了門，
雖然妳一看到我，就立刻逃走了，
一臉世界末日的表情，
但是，正因為一切都結束了，
這扇門才會打開。
不要害怕，不要逃。來，進來吧。

看完之後，琪琪凝望著空中。

「正因為一切都結束了，這扇門才會打開……」琪琪喃喃自語著，然後急忙回到床邊，光著腳，穿上了鞋子，拿著掃帚衝了出去。「好想從此遠走高飛。」琪琪停下腳步，仰望著天空，似乎在尋找著自己的方向。

遠處層巒疊嶂的深色群山上方，是一片深藍色的天空。那種深沉的藍色，似乎會把人吸進去。琪琪踮起腳尖，不自主的將一隻手伸向天空。

「天空永遠伴隨著我。我和天空是一體的。天空的深處就是我的『終點之門』！」

琪琪騎上掃帚，朝著天空飛去。她像箭一般，向高空飛啊飛。

「啊！」

身後傳來一聲慘叫。回頭一看，吉吉竟然在琪琪身後，雙手用力抓著掃帚尾，身體搖晃著。琪琪只瞥了吉吉一眼，繼續飛向高空。空氣好冰冷，臉頰被吹得不停的抖動。琪琪更用力抓住掃帚柄，直直的飛向高空。

往下一看，整個克里克城變得又遠又小。亮著燈光的城市，就像是一座光之島，飄浮在黑暗中。

在這座光之島的正中央，就是鐘塔的圓形時鐘。對琪琪來說，那裡是克里克城的中心。十三歲時，當她展開魔女的修業之旅，來到這座城市的上空時，曾經覺得如果拿著像棍子般的高塔，把整座城市像陀螺一樣轉動，應該會很好玩。在初為魔女的時候，曾經覺得自己無所不能。琪琪轉頭看著索娜太太的古喬爵麵包店的方向。

第一天晚上睡起來後，渾身都是麵粉……掛上魔女宅急便看板的日子……啊，像兩條項鍊般閃閃發光的，是跨越大河那座橋的燈光……之前遇到的老奶奶，在還是小女孩的時候，曾經把紅皮鞋丟進河裡……這個、那個，所有的一切，都已經成為昨日的回憶……

淚水突然奪眶而出。

這座城市曾經屬於我，我因為喜歡這座城市，才會回來這裡……琪琪一一回憶起每一個熟悉的人。正因為有他們，我才能安心的住在這裡。我真的打算離開這些我珍惜的事物，去別的地方嗎？一旦離開了，所有的一切都將消失。我真的要這麼做嗎？

琪琪問自己。腳下的克里克城風景一次又一次打動著琪琪的心。

和這座城市相比，蔻蔻的事根本微不足道。

琪琪渾身發抖。她終於發現，這座城市，正是一直支持自己到現在的動力。

風在旋轉。琪琪的頭髮被吹得倒立起來，貼在被淚水弄溼的臉頰上。琪琪搖了搖頭，甩開臉上的頭髮。當她的視線移動時，發現遠處有一條光和黑暗的分界線。是克里克海岸。那就是琪琪第一次認識蜻蜓的地方，是在暑氣逼人的夏日海灘旁。頓時，蜻蜓的身影占據了琪琪的視野。

「我想先給妳看。」

當竹蜻蜓完成時，蜻蜓曾經這麼對琪琪說。他的確這麼說過。

「我想先給妳看，我想先給妳看……」

蜻蜓的話好像回音般，不停的在琪琪的腦海中回響。

琪琪突然直打哆嗦。頓時，心中湧現了一種不和任何人競爭的坦誠心意。

「我喜歡蜻蜓。我喜歡蜻蜓。我喜歡有蜻蜓在的克里克城。」

就在這個時候，原本朝著黑暗的天空上升的掃帚，好像突然折斷般掉轉頭，直直的往下掉落。速度快得驚人，彷彿掃帚本身具備了強烈的意志，直直的，好像切開整個世界般往下墜落。這時，琪琪的體內彷彿有東西被撕裂，飄散而去。風拚命旋轉著，琪琪幾乎無法呼吸了，然而卻漸漸變成了溫柔的、帶著魔法的風，和她立志成為魔女的那一天，第一次飛上天空時的風一模一樣。

終於，琪琪的身體重重的摔在一座小山丘的山腳，在山坡上滾了半天，終於停了下來。

門打開了嗎？我去了另一個世界嗎？

琪琪茫然的想道。她躺在地上，張開眼睛，四周一片漆黑；仰起頭，滿天的星光閃爍。吉吉在一旁縮成一團，緊挨在琪琪的身旁。琪琪感受得到吉吉身體的溫暖。

我好像還活著。琪琪心想。

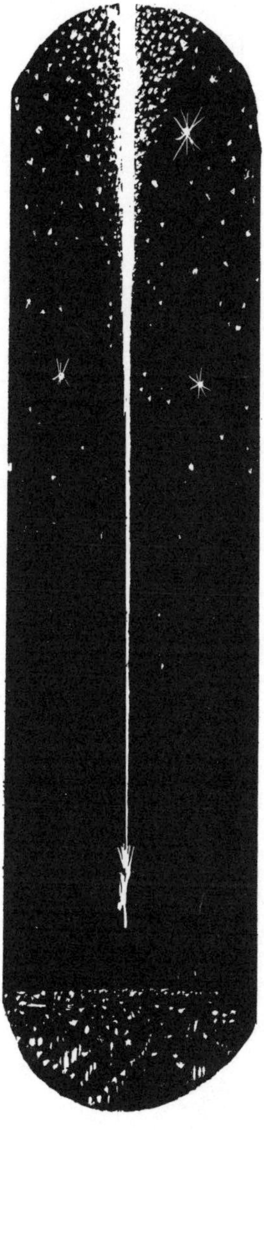

琪琪忍著渾身疼痛，好不容易站了起來，抱著吉吉，拖著掃帚，踏上了回家之路。在漆黑的夜色中，這座城市熟悉的味道包圍著琪琪。

琪琪突然從夢中驚醒。昨晚，她一回到家，就倒在床上睡著了。清晨的陽光從沒有拉上窗簾的窗戶灑了進來，照在琪琪的臉上。蔻蔻房間的門虛掩著。琪琪站了起來，戰戰兢兢的朝裡面張望，發現裡面已經整理得井然有序。昨天還散亂著蔻蔻的東西，如今全都不見了。琪琪一時間不知道到底是怎麼回事，目瞪口呆的看著空蕩蕩的房間。

那個小女孩真的曾經住在這裡嗎……會不會是一場夢……？

琪琪輕輕扶著昨晚摔到地上受傷、還隱隱作痛的左手。拿出噴嚏藥，細細敷在疼痛的部位。沒想到，噴嚏藥竟然對琪琪的傷口也發揮了效果，疼痛漸漸緩和下來。

「蔻蔻走了。」吉吉走了過來，輕輕嘟囔。

「她走了？真的嗎？」琪琪問。

「一大清早就走了。我追了出去，但已經看不見人影。」吉吉說。

我原本已經做好了心理準備，就算她一直留在這裡……

那個瘦小的女孩子宛如一場夢，突然現身，又突然消失了……一陣劇痛在琪琪的身體內擴散。

琪琪急忙跑去找索娜太太。

「妳是來問蔻蔻的事嗎？」索娜太太一看到琪琪，馬上問道：「她清晨來過這裡，說要去別的地方。我當然留她下來……妳知道她怎麼說？即使繼續住下去，這座城市也不好玩了。但是，她遠去的背影好像很落寞，細細的、飄飄然，有種很孤獨的感覺……看著看著，我忍不住追了上去。她突然在路口轉了彎，我也跟了上去……結果她卻不見了，消失了。」

琪琪一言不發的看著索娜太太。

「她果然是魔女，所以才會離開。因為，不是規定一座城市只能住一個魔女嗎？」索娜太太說。

「我……不知道……這是……很久以前的……規定……」琪琪語焉不詳起來。突然間，淚水像決堤般流了下來。「對不起，我實在太驚訝了。」說著，琪琪轉身離開了。

她才十二歲。她細細的手臂，彷彿隨時會消失的走路方式……我從來沒有設身處地的為蔻蔻著想過……

此時此刻，琪琪強烈的想要了解蔻蔻內心的想法。

琪琪回到家裡，正想關上敞開的門時，一張紙飄了下來。上面潦潦草草的寫了幾行字，提到那本書的事。

請於今天十一點半，將寄放多日的書《終點之門》送至中央車站的月臺。請嚴格守時。

琪琪看了一眼時鐘。已經十一點了，只剩下三十分鐘而已。琪琪從架子上拿下書，仔細端詳著書的封面，然後，像往常一樣，輕輕的撫摸著書。書輕輕的打開了。上面寫著這樣一句話。

我永遠在這裡。放心吧，我永遠在這裡。

琪琪闔上書，把書抱在胸前。

「吉吉，出發了。」

琪琪叫著吉吉，走出門外。

中央車站靠大海那一側的月臺角落，一個嬌小的人影佇立在那裡。是蔻蔻。琪琪倒吸了一口氣。

「蔻蔻，是蔻蔻。終於找到她了。」吉吉大叫起來。

琪琪在蔻蔻身旁降落，蔻蔻驚訝的問：「妳怎麼知道我在這裡？」

「我收到一封信，叫我把這本書送來這裡。」

「又是我爸爸。他老是喜歡多管閒事。他一定希望我和妳再見一次面。」

蔻蔻搖了搖頭，無奈的說。

「這麼說，這本書果然是妳的。我就知道。」

「不是。是我老爸……不，聽說是我媽媽的。」

「妳看，我就知道妳不是孤兒。」

琪琪半開玩笑的笑了起來。

「和孤兒差不多啦。」

蔻蔻嘟著嘴，把頭轉到一旁。

「上次來家裡探頭探腦的，就是妳爸爸，對嗎？」

「嗯，他很囉嗦，我不想理他。」

蔻蔻的自大和第一次看到她時沒什麼兩樣。琪琪很慶幸可以再一次見到蔻蔻。

「蔻蔻，妳要搭火車嗎？妳打算回家了嗎？」

琪琪看著鐵道的遠方。

「在這種鄉下地方，火車要一小時後才會來。聽說誤點了，真受不了。雖然我也可以笑著豎起大拇指，變一下戲法……不過，我已經玩膩了。」

「妳真的要走？」

「不可能永遠在這裡胡鬧下去。」

「妳又胡說了……我陪妳等，可以嗎？」

琪琪很想對她說，一起回家吧。但看到蔻蔻似乎露出和平時不同的表情，就知道她心意已定，即使現在對她說這句話，也只是為了滿足自己而已。

琪琪坐在長椅上，蔻蔻也慢吞吞的在旁邊坐了下來。海風吹亂了她們的頭髮。

「我看到了。」蔻蔻看著琪琪說。她的雙眼發亮，「我看到妳從天上掉下來。」

「真的嗎？」

「太驚人了，看得我渾身發抖。妳好像把夜空撕成了兩半。我也同時感受到妳的痛，不過，幸好妳還活著。」

「嗯，幸好。不過，這裡撞到了。」

琪琪按著左手手臂。

「會不會痛？」

「嗯。不過，老實說，痛反而讓我覺得高興。」

琪琪聳了聳肩，笑了起來。

「妳看，妳又在裝乖寶寶了……但是，我看到那一幕，就決定要回家了。我想，算了，回家吧。我看到了自己回家的路。」

「我也看到了，看到了自己的路。終點之門打開了，結果，終點之門通向起點。不是在天上，而是在地上。」

蔻蔻點點頭，笑了起來。琪琪也露出微笑，看著她。

「蔻蔻，妳家住哪裡？」

「很遠的北方。那座城市很大，比這裡大多了。而且我家也很大、很有錢。不過我沒有媽媽。我四歲的時候，媽媽就死了。太早了，對不對？我也是獨生女，我老爸喜歡貓，我也假裝當乖寶寶。聽說，媽媽很漂亮，老爸很擔心我也會像媽媽一樣消失。我要聲明，我和媽媽不一樣。所以，我就離家出走了。原本只是想離開、出走一下下，沒想到，竟然來到這麼遠的地方……」

蔻蔻從背包裡拿出之前那個玉袋。然後，把繩子兩端的紅色玻璃珠放在眼睛上，叫了聲：「吉吉。」頓時，吉吉渾身的毛都豎了起來。

「咦？原來是這個嗎？」

琪琪也叫了起來。

「這個玻璃珠會在黑暗中發光。」

蔻蔻說著，打開袋子，拿出一張略微泛黃的紙，遞給琪琪。

「我可以看嗎？」

「可以啊。以前我看不太懂其中的意思，但現在有點懂了。」

琪琪打開摺起的信紙。上面用粗粗的鋼筆，清楚的寫下每一個字。

「這是媽媽的遺言。」蔻蔻說。

蔻蔻，媽媽覺得，回憶是魔法。雖然和妳共度的時間很短暫，但妳和媽媽之間的回憶就是魔法。

「不可以哭喔。」琪琪看完信，蔻蔻立刻說：「但我根本沒有回憶，那只是媽媽自己的說法。」

「是嗎？」琪琪說。「但是，蔻蔻，妳不是在這裡嗎？我想，回憶就是這麼回事。說起來真的很不可思議，回憶看不到……卻不會消失……這不就是魔法嗎？我會留在克里克城，也是一種魔法。雖然當初是湊巧來到這裡，如今卻充滿了回憶。回憶就是我。如果我捨棄了這些回憶，就等於也捨棄了我自己。我在天空中發現了這一點。」

「哼。」蔻蔻用力吐了一口氣，看著空中。「原來，魔法是找得到的。」

蔻蔻好像在告訴自己般輕聲嘀咕了一句，又侃侃而談起來。

「老爸說，媽媽曾經是個魔女，但好像真的有那麼一回事。因為，我獨自來到這座城市後，好像什麼都辦得到的樣子。我也不知道為什麼……可能是因為有妳在的關係吧。」

「這本書上寫的是魔法嗎？」

琪琪指著抱在手上的書問。

「這本書是我來這裡後，爸爸送過來的。用那種奇怪的方式委託妳。因為他不知道到底該怎麼辦，又希望這本書可以陪在我身邊。我雖然不知道，但那天妳帶回來時，我突然靈光乍現，就領悟了。因為，書的封面上寫著《終點之門》。很久以前，爸爸告訴過我，媽媽臨死前，曾經說：『即使已經到了終點，仍然可以開啟另一扇門。所以，即使我們天各一方，心還是連在一起。』」

「對啊，昨天晚上，我打開這本書，看到書上寫著：『正因為一切都結束了，這扇

門才會打開……來，進來吧。』所以，我才會飛上天空，我以為那扇門會在天上。」

「這麼說，一切都是我的錯。」蔻蔻說。

「不是，是我的錯。」琪琪慢慢探出身體，說：「雖然這本書常常多管閒事，但我們要不要一起打開看看？」

「一起打開……？」

兩個人笑了起來。然後，兩隻手放在一起，「啪」的一聲打開了，出現這樣一句話：

一寶勝於所有。

「這是什麼意思……」

琪琪皺著眉頭問道。

「我知道。琪琪，妳上次不是說，不應該自以為什麼都會嗎？妳說的沒錯，什麼都會一點都不好玩，連自己也搞不清楚是怎麼回事了。這樣很糟糕。琪琪，對不起。我聽到傳言，所以才想來這座城市看看妳。結果，我發現大家都很喜歡妳，還有一隻可愛的貓陪伴著妳，又有像蜻蜓這麼帥的朋友，還有媽媽。妳真的擁有了一切，所以我才想要攪局，想奪走妳的一切。不過，一切都結束了。因為，我看到了可怕的畫面，看到妳從天上掉下來時，我好害怕。」

蔻蔻臉色鐵青，身體僵硬。琪琪回想起昨天的事，不禁仰望天空。蔻蔻也跟著她抬頭看著天空。

「原來，天空中有魔法。」

「因為，天空無邊無際……」琪琪點頭說道。

蔻蔻發現火車愈來愈近，便站了起來。

「離別的火車來了。」

「妳還會回來的，對吧？」

琪琪也站了起來。

「不知道。」

「蔻蔻，妳會當魔女，對不對？」

「我也不知道。因為，我要先尋找屬於我自己的『一寶』。」

蔻蔻噘著嘴。那是從第一次看到蔻蔻時，她始終掛在臉上的表情。

火車進站，人們紛紛下車。蔻蔻一隻腳踏上了車，轉頭問道：「吉吉，你要不要當我的貓咪？」

站在琪琪腳下的吉吉渾身發抖，然後，一蹦一跳的跳上了蔻蔻的背。蔻蔻轉身緊緊抱住吉吉。

「你決定了？真的嗎？不可能啦……吉吉，你真體貼。」蔻蔻把吉吉抱了起來，親了牠一下，說：「再見。」

蔻蔻放下吉吉。

吉吉從行駛的火車上跳了下來，和正在揮手的琪琪一起，一直跑到月臺的盡頭。

幾天後，琪琪寫了一封信給可琪莉夫人。

媽媽，當年妳喜歡爸爸的時候，是怎樣的感覺？可不可以告訴我？

一個星期後，琪琪收到了可琪莉夫人的回信。

雖然是很久以前的事了，但我還記得很清楚。那是我十八歲的時候，在這個小城鎮當魔女，努力生活。那時候，我遇見了妳爸爸歐其諾。歐其諾似乎對我很有好感，但他是普通人。而且，當時不是像現在這麼開放的時代。我對自己身為魔女感到自卑。我告訴自己，不能愛上他。再加上雙方的家長反對，我也有所顧忌，盡可能掩飾自己的心意，不敢面對。這種消沉的心情持續了很久，我也感到累了。有一天晚上，我飛到高空。當時，我很想逃離一切，也逃離自己，躲進雲層裡。在臨走之前，我想再看一次這座城市，再看一次歐其諾。

當時，我突然發現——

我愛歐其諾。這件事，千真萬確，就和我活著一樣不容置疑。我知道，只要我還活在這個世上，這份心意就不會改變。在閃過這個念頭的一剎那，我從空中摔了下來。頭朝下，直直的墜落。當我醒過來時，發現自己倒在草山的半山腰上，腳也扭傷了。

那天之後，媽媽就長大了。也是在那天之後，媽媽一直和爸爸形影不離。現在，也繼續當著魔女。

看完信後，琪琪忍不住笑了起來。和我完全一樣。

然後，高興得流下了眼淚。

蔻蔻離開後，認識蔻蔻的人都覺得茫然若失。

「她怎麼突然就消失了？」

索娜太太依依不捨的說。

「她一定是去別的地方開飛行俱樂部了。」

蜻蜓也一副很懷念的樣子。

蔻蔻就像是那種名叫俄羅斯轉盤的煙火一樣，蹦蹦跳跳的突然現身，又蹦蹦跳跳的悄然離去。但這種漂亮的、惹人喜愛的俄羅斯轉盤煙火，對每個人來說，都將成為令人難以忘懷的回憶。

已經秋天了。

蜻蜓去遠方就讀技術學院的日子也近了。有一天，蜻蜓打電話給琪琪。

「明天可不可以見個面？」

「好啊。大家都會去嗎？」

「不，只有我……」

「哇，只有我們？好開心！」琪琪驚訝的回答。

「要約在哪裡？琪琪，妳覺得哪裡比較好？」

「我想去克里克海岸。」

「我也是，我也想在克里克海岸和妳見面。那就約在傍晚。」
「蜻蜓，你很喜歡夕陽。」琪琪興奮的說。
然後，兩個人很自然的異口同聲說道：「因為，有一點魔法。」
「還有，琪琪，希望妳還是平時的琪琪……」
「什麼？喔，那當然。那件十六歲的紀念禮服，將成為我的回憶。」
琪琪回答後，噗嗤的笑了出來。

琪琪覺得，無論什麼時候，克里克灣的夕陽都是那麼美麗。尤其是秋天的夕陽，夕陽照亮的天空和已經變暗的天空之間，有著明顯的界線，令人感受到天空中充滿了不可思議。
天空中有魔法。琪琪回想起蔻蔻說過的話。
琪琪經過海岸大道，穿過公園，在海邊降落。
「嗨！」蜻蜓回頭說。
「謝謝妳來。」

他的聲音很嚴肅。

咦？難道他以為我不會來嗎……這種時候，該怎麼回答……？

「謝謝。」琪琪馬上回答。由次她很緊張，眼睛拚命眨個不停，然後，又補充說：「我……也是。」

蜻蜓也很不自然的樣子。兩個人面對著面，空氣卻格外緊張。

「呃，三天後，我就要離開這裡，去學校讀書。」

「嗯，對啊，我知道。」

「因為很遠，所以，不能常常回來。琪琪，妳也會離開嗎？」

「不會，絕對不會！因為，我喜歡克里克城。這是你生活的城市。所以，我會一直在這裡。等你回來後，要記得敲『魔女宅急便』的大門。我會永遠在這裡，我向你

保證。」

琪琪的聲音愈來愈大，說話的速度也愈來愈快。蜻蜓露出欣喜又有點害羞的表情點點頭。

「太好了。我還在煩惱，萬一妳離開就糟糕了。呃……啊，我總是在聊自己的事……」

「沒關係，我想聽。」

「我去新的學校後，要研究昆蟲。」

「昆蟲？就是蜻蜓那些嗎？哈哈！」

琪琪笑了起來。蜻蜓也笑了起來。

「對，呵呵呵，對啊。首先，必須了解自己。或許，蜻蜓身上充滿奧祕。我想了解這些奧祕。昆蟲雖然很小，但牠們或許可以隱身，當然，也可以自由自在的飛翔，牠們身上充滿了無窮的奧祕，光是想像，就已經讓人時分嚮往了。」

那副像是蜻蜓眼睛的眼鏡後方，蜻蜓瞪大雙眼，誇張的轉了一圈。他終於恢復成平時的蜻蜓。

蜻蜓走向陣陣襲來的海浪，對琪琪說：「琪琪，妳也過來一下。」

琪琪站在蜻蜓身旁。

「妳聽得到嗎？」蜻蜓問：「妳會不會覺得，海浪好像在竊竊私語？」

琪琪抬起眼睛，看著遠方。海浪靠近岸邊時，好像要展示之前的深藏不露，掀起白色浪花，發出「嘰咘嘰咘、嘰咘嘰咘」的聲音，消失在沙灘上。

「真的好像竊竊私語耶！對了，有點像人說話的聲音。」琪琪點著頭說道。

「剛才，我在這裡等妳的時候，一直聽著這個聲音……我在想，海浪是不是帶來了在各地海邊聽到的事。從很久以前，一直延續到現在。真是太厲害了。」

「或許，也聽到了海洋的祕密。」

「嗯。」

蜻蜓點點頭。

「那麼，」琪琪站了起來，用力吸了一口氣，對著海洋大叫：「可不可以讓我們兩個人加入？」

蜻蜓也跳了起來。

「哇噢！好棒！讓我們也加入吧！」

兩個人互看一眼，笑了起來。

「一定可以把我們的話……嘰咘嘰咘、嘰咘嘰咘的帶到各地的海邊。」琪琪說道。

「對了，琪琪，我帶竹蜻蜓來了。」蜻蜓從口袋裡拿出扭曲的竹片和兩根木棒。「因為我想給妳看。」

和第一次做好竹蜻蜓時說的話完全相同。

「真的嗎？這就是赫赫有名的發條式回轉浮遊型竹蜻蜓吧！哇噢，太棒了！」

「特別飛行開始囉！」

蜻蜓把木棒插進竹片，然後，在木棒旁插上另一根木棒，一個勁兒的轉動起來。

「這種形式很簡單嘛。」

「對，很簡單。這是我的魔法。」

蜻蜓兩眼炯炯有神的笑著。然後，對著大海高舉雙手，讓竹蜻蜓飛了出去。竹蜻蜓以驚人的速度飛了出去。

咦？怎麼又飛得不見蹤影了？

琪琪擔心的用眼神追隨著竹蜻蜓。

竹蜻蜓在大海上方盤旋片刻，開始激烈旋轉，然後，慢慢的飛往琪琪的方向。最後，靜靜的降落在琪琪伸出的雙手上。

「啊，飛回來了，飛到我的手上。」

「對啊，那當然。」

蜻蜓挺起胸膛，點了點頭。

琪琪和蜻蜓約定，出發的那一天，會和吉吉一起去車站送行。和蜻蜓分手後，琪琪獨自轉進可以看到古喬爵麵包店的小巷子，聽到一戶人家的收音機裡傳來卡拉小姐的歌聲。

抱起膝蓋，垂著頭
努力的尋找
看著自己的眼眸
脆弱的你
窗外的風兒吹
也有人向你招著手
笑容就藏在你的心中

總有一天
你會找到自己
一定有那麼一天
你會找到自己

小麥田
故事館78
魔女宅急便3遇見另一位魔女
魔女の宅急便3キキともうひとりの魔女

作　　者　角野榮子
繪　　者　佐竹美保
譯　　者　王蘊潔
封面設計　莊謹銘
校　　對　呂佳真
編輯協力　沈如瑩
責任編輯　汪郁潔

國際版權　吳玲緯　楊靜
行　　銷　闕志勳　吳宇軒　余一霞
業　　務　李再星　李振東　陳美燕
總 編 輯　巫維珍
編輯總監　劉麗真
事業群總經理　謝至平
發 行 人　何飛鵬
出　　版　小麥田出版
115台北市南港區昆陽街16號4樓
電話：(02)2500-0888
傳真：(02)2500-1951
發　　行　英屬蓋曼群島商家庭傳媒股份有限公司
城邦分公司
115台北市南港區昆陽街16號8樓
網址：http://www.cite.com.tw
客服專線：(02)2500-7718｜2500-7719
24小時傳真專線：(02)2500-1990｜2500-1991
服務時間：週一至週五09:30-12:00｜13:30-17:00
劃撥帳號：19863813　戶名：書虫股份有限公司
讀者服務信箱：service@readingclub.com.tw
香港發行所　城邦（香港）出版集團有限公司
香港九龍土瓜灣土瓜灣道86號順聯工業大廈6樓A室
電話：852-2508 6231
傳真：852-2578 9337
馬新發行所　城邦（馬新）出版集團 Cite (M) Sdn Bhd.
41-3, Jalan Radin Anum,
Bandar Baru Sri Petaling,
57000 Kuala Lumpur, Malaysia.
電話：+6(03) 9056 3833
傳真：+6(03) 9057 6622
讀者服務信箱：services@cite.my
麥田部落格　http://ryefield.pixnet.net
印　　刷　漾格科技股份有限公司
初　　版　2020年7月
二版2刷　2024年6月
售　　價　320元

ISBN 978-957-8544-35-2

國家圖書館出版品預行編目資料

魔女宅急便. 3, 遇見另一位魔女／角野榮子作；佐竹美保繪；王蘊潔譯. -- 初版. -- 臺北市：小麥田出版：家庭傳媒城邦分公司發行, 2020.07
面；　公分. --（故事館；78）
譯自：魔女の宅急便. 3, キキともうひとりの魔女
ISBN 978-957-8544-35-2（平裝）
861.596　　109007413